EL CAMINO DEL INCA

A.J. SOIFER

undercover BOOKS

Book Cover by GetCovers.com

Illustrations by CJ Camba

1st edition March 2024

ISBN (paperback): 978-1-998235-03-2

ISBN (e-book): 978-1-998235-04-9

Contenidos

1. Capítulo 1   3
   El exilio

2. Capítulo 2   33
   La villa

3. Capítulo 3   73
   El Samurai

4. Capítulo 4   111
   Puente del Inca

5. Capítulo 5   149
   Imperio Inca

Nota   179

Otros títulos de A.J. Soifer   181

Acerca del autor   183

Capítulo 1

El exilio

A sus diecisiete años le dijeron a Walter Ayala que tenía dos opciones: bajaba para Buenos Aires o recibiría una bala que llevaba escrito su nombre.

La advertencia había sonado como algo extraño para el muchacho que apenas tenía una leve noción geográfica de su pueblo natal, Celendín y la sierra que lo rodeaba donde vivía hacía ya varios años luego de escapar de su casa, donde su madre se había prostituido por monedas con los hombres más ruines del pueblo. Eso había sido hasta una noche lluviosa en que el propio Walter, con apenas doce años, había descargado un cargador entero de 9 mm sobre el cuerpo de su madre y dos hombres en pleno acto sexual.

De su padre nunca había sabido nada y había aprendido a vivir atribuyéndole todos los males desde el momento mismo de su concepción. Se sabía el resultado de una noche de placer para un paseante que había usado a su madre como luego la habían usado cientos otros. En esa sangre sucia que lo había engendrado veía la desgracia de su conformación física: delgado y debilucho, poco agraciado de rostro, con los dientes torcidos y el pelo azabache pajizo. La viruela se la había agarrado viviendo en la sierra, cuando había escapado de la casa de su madre, pero al igual que todo lo otro malo que le había sucedido, atribuía los pozos en su cara que le quedaron como testimonio de la enfermedad a su fantasmal padre.

Pero el que acababa de darle la advertencia para que se fuera de allí era quién él había tomado por padre y había aprendido a querer como tal: Don António.

El brasilero ya tenía setenta y un años y sabía que no le quedaba mucho tiempo de vida. Con el deterioro vendría lentamente el declive. Walter lo sabía pero se negaba a aceptarlo.

El viejo lo había llevado a dar un paseo por el campamento y se habían detenido a la entrada, un pequeño claro rodeado de árboles fibrosos y añejos. Frente a la estaca que llevaba clavada la cabeza del traidor Gervasio Montes, el capo le dio el ultimátum.

—Gervasio tenía un hermano, Amilcar. Vive en Huaraz. Como su hermano es aliado. Pero quién sabe hasta cuándo. Por estas horas ya debe saber que Gervasio me traicionó e intentó matarte usando a su hijo Augusto como cómplice. Antes que nada debes saber que ambos están muertos. ¿Sabes qué significa esto?

—Guerra.

—No de forma directa, hijo. No se atrevería a levantar el dedo contra mi poder, mucho menos luego de esto— dijo el anciano y acarició la cabeza estacada de Montes espantando unas moscas gordas que se habían posado a darse un banquete— pero ¿qué pasará cuando yo ya no esté aquí para defenderte?

—No diga esas cosas Don António. Usted es inmortal como los árboles que nos rodean.

El viejo se apoyó en el bastón y contempló la inmensidad que se abría desde el cerro. Enclavado en una olla baja empezaban los asentamientos de la ciudad.

—Has demostrado ser una pieza valiosa Walter.

—Dígame tan solo a quién debo meterle un tiro entre las cejas y pum, me lo cobro.

—Vas a ir a Buenos Aires. Vas a expandir el negocio.

Durante un instante el joven y el viejo se quedaron en silencio.

Era la primera vez que Walter escuchaba ese nombre y pensaba que sería alguna ciudad de la costa pacífica del Perú. El viejo se sentía reblandecido por la edad y experimentaba en su interior algo que nunca había sentido: pena por la partida de ese chico al que había perfeccionado, tomando apenas a un desnutrido muchacho que se había aparecido a las puertas de su campamento sin nada encima más que ansias de sangre hasta convertirlo en una máquina de matar cruel y sin ningún sentido de culpa.

—Cuando estuve en el reformatorio —dijo Walter— todos los días pensaba en mantenerme con vida para poder volver aquí. Desde que llegué a este lugar decidí que mi vida sería a su servicio Don António.

—Por eso mismo es que necesito que bajes. Vas a expandir el negocio y vas a quedar lejos de la bala que lleva tu nombre.

Al día siguiente Walter Ayala se despidió discretamente del viejo y de los demás cargando apenas un bolso y la semiautomática Imbel M973 de 9mm con la que había llevado a la tumba a su propia madre.

***

El chico bajó de un autobús de larga distancia en la estación Retiro de Buenos Aires luego de casi dos semanas de viaje para recorrer los más de tres millones de kilómetros que separan Celendín con la capital argentina. El trayecto había sido incómodo y casi eterno; lleno de combinaciones de autobuses que paraban en cada pequeño pueblito perdido en las sierras peruanas seguido de transporte particular que lo había alcanzado algunos kilómetros para abaratar el costo del siguiente pasaje. Había tenido que cruzar la frontera con Bolivia a pie, atravesando la reserva Aymara de Lupaca para evitar el paso fronterizo vigilado donde sabía que su camino terminaría bajo la orden de captura que pesaba sobre su cabeza. Desde allí había viajado hasta La Paz, luego Oruro y combinando carreteras había logrado llegar al pueblo fronterizo de Villazón donde había pasado una noche durmiendo en un asentamiento de lado de una avenida de tierra. Había cruzado el cauce raquítico del río Quiaca a pie y luego había conseguido que un camión que transportaba pollos lo llevara hasta San Salvador de Jujuy donde juntando casi la totalidad de lo que le quedaba de dinero pudo pagarse un pasaje hasta Buenos Aires. Ahí había terminado el trayecto: en esa estación sucia y lúgubre.

Tomó su bolso, le dio los últimos Nuevos Soles que tenía al tipo que se lo alcanzó desde el portacargas quien recibió el billete y las monedas con expresión de fastidio, sin saber qué se suponía que debía hacer con esa moneda extranjera, y caminó con tranquilidad, estirando los músculos atrofiados, hacia la salida de la estación. En su bolsillo llevaba un papel arrugado que tenía escrito apenas un nombre: Franklin Bautista y la dirección de una pensión.

Era plena noche cerrada. Los vagabundos arropados con cartones descansaban a los pies de las escaleras de la terminal y el sol estaba todavía bien escondido pese a que faltaban apenas unas horas para que se despertara radiante. Sabía que no podía ir a visitar a su contacto a esa hora. Lo mejor iba a ser llegar a eso del mediodía. No quería empezar con mal paso la relación con el único contacto que Don António le había facilitado en esa nueva ciudad.

Cruzó la calle Ramos Mejía hacia una plaza apenas iluminada. Unos pocos colectivos remolones se desplazaban con el ruido ronco de sus motores antiguos y unos perros solitarios y perdidos deambulaban en busca de algún bocado. Walter se sentó sobre un incómodo banco de piedra, se cercioró de que no hubiera nadie a su alrededor, acomodó su bolso en un extremo y se acostó apoyando la cabeza sobre éste. Tenía hambre y frío, pero un sueño mucho más contundente y al instante se quedó dormido.

Una punción en las costillas lo despertó apenas una hora más tarde. Abrió los ojos, sobresaltado, y se vio rodeado de tres tipos.

—¿Qué hacés acá? —preguntó uno de los tipos. Eran apenas tres sombras oscuras que se recortaban sobre el fondo de la luz blanquecina de la luna.

—¿Qué parece que hago?

Walter comenzó a sentarse y una mano se apoyó sobre su pecho.

—Quedate quieto.

Lamentó no haber sacado la 9 mm de su bolso y ahora era demasiado tarde.

—Nos vas a dar toda la guita así bien piola, ¿estamos?

—No tengo dinero.

—¿"No tengo dinero"? ¿De qué mierda hablás? Largá todo antes que te rompamos la cabeza.

Walter intentó enderezarse nuevamente, pero recibió un golpe en la cabeza. Cayó de espaldas sobre el banco de piedra y luego una patada en el pecho lo arrojó al piso. Otra patada le sacó sangre de la boca y luego un encadenamiento de patadas y trompadas en todo su cuerpo lo desarmaron por completo hasta convertirlo en una masa de dolor y músculos lacerados. Pero no estaba hecho para rendirse por lo que intentó, una vez más, ponerse de pie. Apoyó las manos contra el piso y comenzó a ponerse de rodillas cuando una nueva patada en el brazo lo hizo morder el polvo.

Escuchó risas a su alrededor y más patadas en la espalda y la cabeza que se repitieron en una ráfaga interminable de un minuto y medio. Entonces lo dejaron solo, echando sangre por la boca y con el cuerpo dolorido.

Se aferró al banco de piedra con una mano e hizo un último esfuerzo para poder subir nuevamente. Se habían llevado su bolso. No le importaban las escasas pertenencias, sólo le importaba su 9 mm. Pero lo que más le molestaba de todo eso había sido la humillación. Nadie se hubiera atrevido a meterse con un sicario de Don António en toda Cajamarca y más allá. Al menos nadie que quisiera seguir conservando sus pelotas. Y ahí, en esa ciudad nueva, él, Walter Ayala, el asesino de su propia madre, el ángel de la muerte que podía disparar con perfección al centro entre las cejas de cualquier objetivo subido a una moto a toda velocidad por las callejuelas de su Celendín natal, no era nadie. O era menos que nadie, era un despojo, un montón de basura al que se podía patear, pisotear, humillar y robar.

Lo único que le había quedado en el bolsillo era el papel arrugado con la dirección de su contacto en esa ciudad. Tomó el papel y lo contempló una vez más. Una gota de sangre cayó sobre el nombre borrando "Franklin" debajo de su espeso carmesí que al fulgor plateado de la noche se volvió inconfundible con una mancha de tinta. Memorizó la dirección y cerró el puño convirtiendo el papel en un bollo que arrojó bien lejos.

**

Caminó solo por la ciudad que empezaba a desperezarse con pesadez. No sabía a dónde tenía que ir. Apenas había memorizado la dirección que le había escrito Don António en el papelito junto con el nombre de Franklin Bautista. Tampoco sabía nada de su contacto más allá de que era un boliviano que había llegado a la Argentina unos meses antes que él. Con suerte ya se habría acostumbrado al ritmo de esa ciudad que ahora, con los primeros automóviles surcando las calles, los autobueses repletos de pasajeros malhumorados y taxistas frenéticos empezaba a mostrarle su verdadero, horrible rostro.

Había nacido y se había criado en una ciudad de unos veinte mil habitantes. Y eso había sido antes de escaparse de su casa e irse a vivir a la sierra.

Su cuerpo crujía a cada paso con las consecuencias de la paliza que había recibido pero estaba convencido de que no le dolía tanto lo físico sino que hervía internamente de rabia y deseo de venganza contra aquellos atrevidos que lo habían sorprendido en la plaza.

Sin rumbo y con la ropa que llevaba puesta empapada de sangre, la gente a su alrededor cruzaba de calle cuando lo veían avanzar. Intentó preguntar por direcciones a dos desprevenidos transeúntes que no se habían percatado de su presencia hasta entonces y estos se excusaron despavoridos ante su consulta.

Desalentado, se sentó en el rellano de un edificio antes de seguir su camino sin rumbo. El portero que manguereaba la cuadra lo vio y se le paró altivo.

—Rajá de acá negro de mierda —le escupió con displicencia.

—Estoy perdido, ¿no podría ayudarme?

El encargado del edificio, un tipo gordo enfundado en un guardapolvo de trabajo y expresión de fastidio levantó la manguera y sin mediar más palabras la apuntó hacia Walter que pronto se vio empapado.

—Te dije que te fueras —dijo el portero.

—¡Hijueputa! —fue lo único que pudo responder Ayala mientras se levantaba de mala manera.

Eso no se le hacía a Walter Ayala. Ese trato no era el que se merecía. Pero no tenía fuerzas en el cuerpo para torcer la injusticia. Hacía dos días que no comía y apenas había dormido.

El autobús que lo había llevado a Retiro había sido la opción más económica que había encontrado: dos días de viaje con paradas en parrillas de ruta para que cada pasajero se comprara su propio almuerzo. Allí sus escasos Nuevos Soles no habían servido y no había logrado tampoco despertar la piedad de nadie que le pasara un bocado.

Se sentía atontado, como un animal en otro hábitat. En su Perú natal había sido una leyenda en ascenso. La precisión con la que podía ejecutar a un objetivo a metros de distancia y su infalibilidad lo antecedían. Aquí se dejaba avasallar por un encargado de edificio perezoso y golpear por una pandillita de mocosos. Tampoco tenía dónde ir.

Entonces escuchó una explosión de sonido estridente. Era una voz que predicaba. Al final de la cuadra una luz violácea iluminaba un rincón oscuro saliendo de la puerta de un local y de allí venía la voz. Se acercó con cautela. Era una pequeña habitación con varias sillas de plástico, paredes blancas completas con cuadros de ancianos que desconocía, al fondo había una cruz con su Cristo. El cartel discretamente pintado a mano anunciaba "Templo Cristiano Mesías Revivido".

El predicador hablaba para un público exiguo y lumpen. Apenas un anciano decrépito con pinta temblorosa, con apariencia de caer muerto en cualquier momento, una mujer aferrada a un rosario en la primera fila y un vagabundo que había juntado varias de las sillas de plástico para utilizar como cama.

Walter se había encomendado de niño a la Virgen del Carmen, la patrona de Celendín y no quería saber nada de meterse con los evangélicos, pero al menos ahí podría descansar un rato. Se sentó en una silla al fondo. El predicador que vestía traje blanco de cuerpo entero, era carismático y bien empeñado, pero por lo visto todavía tendría un largo camino hasta lograr una feligresía. Ayala casi no escuchaba lo que estaba diciendo, pero sus movimientos estudiados le llamaban la atención. Iba y venía en el escenario, sacudía los brazos, articulaba exageradamente cada palabra para dejar que sus labios se movieran con detenimiento. "La hora llegará en la que el Mesías se nos presente revivido"; "porque la estrella sangra, queridos míos. Esa es la realidad." Walter entendió que no era tan importante lo que estaba diciendo el hombre sino el modo en el que lo decía, la forma en que iba y venía una y otra vez con todo eso y con el cuerpo, generando una combinación empalagosa y sensual que se complementaba con los rostros adustos y serios de los santos y ancianos de los retratos que adornaban las paredes.

Entonces en algún momento se detuvo. Parecía exhausto, como si acabara de dar la mejor performance de su vida. Walter volvió a contar a la gente que había allí. Ahora eran cinco. Habían entrado dos personas más desde que él se había sentado allí. El reloj en una pared del fondo, por encima de la enorme cruz de madera, marcaba apenas las siete en punto de la mañana. El anciano decrépito y la mujer que habían estado desde antes se levantaron de sus sillas. Walter sintió que el viejo se partiría como una rama seca, pero eso no sucedió. El hombre se desplazó lentamente, apoyándose en el respaldo de las sillas de plástico hasta el fondo donde salió. La mujer se acercó al pastor a intercambiar unas palabras. El vagabundo seguía durmiendo y los otros dos recién llegados se habían ido apenas había terminado la ceremonia.

Se había terminado el pequeño recreo y tenía que volver a la calle. Comenzó a ponerse de pie cuando una mano se posó su hombro.

—Hermano, un hombre no debería salir así a la calle.

Walter giró el cuerpo alerta:

—¿Así cómo?

—Mojado. Sangrando por las heridas. Ven, déjame que te de algo de ropa limpia al menos. Hace frío y podrías enfermarte.

El chico desconfió de las intenciones del pastor, pero por también supo que en su estado no iba a llegar muy lejos.

—Si quiere plata ya es tarde.

—Nada de eso, vamos a ayudarte —dijo el hombre y llevó a Walter a una habitación a un costado del altar. Se puso a revolver entre las prendas de ropa que se abarrotaban en una caja de cartón sobre el suelo; sacó una remera gastada con un dibujo estampado de las Tortugas Ninja, un pantalón de jogging con un agujero a la altura de la rodilla derecha y un par de zapatillas donde cada una había pertenecido originariamente a distintos pares.

Walter recibió la ropa con cautela.

—Son donaciones. No es lo mejor, pero al menos está más limpio y seco que lo que llevás. Cambiate y cuando estés listo acercate, voy a estar adelante acomodando el salón. Dejá tu ropa en un rincón, yo la lavo y con eso reemplazo lo que te estás llevando —dijo y lo dejó solo.

La puerta se cerró a su espalda y durante unos minutos el chico se quedó de pie, sosteniendo la ropa que le había dado el pastor, sin saber si debía hacerle caso y cambiarse o salir por donde había venido. Apoyó el bulto de ropa en el suelo y se puso a revisar las paredes y la puerta, sospechaba que detrás de la bondad del pastor podía esconderse un pervertido cuya generosidad escondía un lujurioso deseo de ver a un menor de edad, negro, pobre, flacucho y maldormido, desnudo mientras se cambiaba. Pero no hubo nada de eso y cuando estuvo convencido se sacó la ropa ensangrentada, impregnada como consecuencia del largo viaje de un penetrante olor agrio a sudor y amoníaco.

Se vistió con la ropa que le había dado el pastor y revisó en la caja de donaciones a ver si encontraba algo más pero no dio con su talle. Dejó sus ropas en un rincón como le había solicitado el hombre y salió.

El pastor lo vio venir y le ofreció un mate.

—No —dijo Walter que ya había sentido que era suficiente relación con ese hombre.

—Como quieras. Decime, ¿quién te dejó sangrando?

—Eso no tiene importancia.

—No creo que no la tenga para vos, pero dejémoslo ahí. De paso, soy el pastor César Guzmán, podés contar conmigo para lo que necesites. Acabo de inaugurar este templo. Me gustaría volver a verte por aquí —le extendió la mano.

—Walter Ayala —dijo el chico y dio un apretón blando al hombre.

—Por tu acento asumo que no sos de por acá.

—Acabo de llegar del Perú.

—Hermoso pueblo.

—¿Conoces?

—No el país, pero en mis años al frente de la congregación he tenido cientos de fieles de tus tierras.

A Walter eso no le interesaba en nada.

—Creí que habías dicho que esto acababa de ser inaugurado.

—Esta sede, sí. Pero llevo años al frente de la Iglesia del Mesías Revivido. Tenemos otros dos templos y buscamos seguir expandiéndonos.

—Has sido amable conmigo y eso es algo que Walter Ayala no olvida. Ahora necesito que me ayudes con una última cuestión: estoy buscando a un hombre.

El pastor dudó.

—Si te ayudo en la búsqueda de venganza...

—Nada de eso.

—Entonces veamos qué puedo hacer.

Walter le dijo la calle y el número que había llevado anotado en el papel.

—Estás de suerte, no es lejos —dijo y le indicó como llegar.— Antes de que partas, decime le verdad ¿a qué viniste a Buenos Aires, Walter?

El chico respondió sin dudar:

—A construir un imperio.

***

Esa era la dirección que le habían dado. Las instrucciones para llegar del pastor habían servido. Se trataba de un edificio de paredes grisáceas y percudidas por la mugre y el tiempo en una calle muy transitada de la zona centro de la ciudad. De los balcones exteriores se veían prendas de ropa colgadas con brochas sobre hilo y se escuchaban gritos, llantos de bebés, el chiflido de una pava de agua hirviendo, insultos, discusiones.

En la puerta de entrada un cartel escrito a mano anunciaba "Habitaciones Disponivles". Entró. Al fondo de un estrecho y oscuro pasillo se topó con una mesada que algún día habría pertenecido a una oficina lujosa pero que ahora parecía haber sido rescatada de un basurero. Sobre el escritorio apenas había un fichero y una campanilla. La hizo sonar y esperó un instante sin que nadie se acercara. Volvió a hacerla sonar y escuchó una voz: "Ya va, ya va". Una mujer ancha, con la cara colorada y ruleros cubriéndole la cabeza salió de una puerta lateral y se acercó hasta el mostrador.

—¿Querés una habitación?

—En realidad busco a uno de sus inquilinos. Franklin Bautista.

La mujer gorda lo miró de arriba a abajo.

—No conozco a nadie con ese nombre. Si no querés una habitación te voy a pedir que te retires.

—Señora, tengo entendido que Bautista se aloja aquí. Es un boliviano flaco y alto, eso me han dicho.

—Te dije que no conozco a nadie con esa descripción, ahora andate.

—Está bien Herminia —dijo una tercera persona llegando hacia el lobby —el chico viene conmigo.

Walter lo vio entrar en la habitación. Respondía a la descripción que le habían hecho de Franklin Bautista.

—Escuchame boliviano de mierda —perdió la compostura la mujer— esta vez vayan, pero te voy a recordar dos cositas, primero: no podés traer invitados. Ya lo sabés. La segunda, debés dos semanas. Si para esta tarde no está la plata te vas a ir a dormir a la plaza.

—Cálmese doña, yo le prometo que esta misma tarde va a tener a dar todito lo que le debo.

—Eso espero —dijo la mujer refunfuñando y salió para perderse con pasos pesados por la puerta donde había aparecido en un principio.

Los dos extranjeros quedaron solos en el lobby destartalado de la pensión.

—Supongo que tu eres el niño del que me habló Don António.

—Nada de niño. Muchos hombres han caído bajo mis balas.

—Eso no significa que tú lo seas. Pero me gusta cómo te expresas. Ven, subamos a mi habitación. Tenemos que ponernos al corriente.

El boliviano guio el camino de Walter por un pasillo en forma de chorizo sin techo hasta llegar casi hasta el final donde se detuvo frente a una puerta que crujió al abrirse.

—Pasa, ponte cómodo —le ordenó.

La habitación era apenas un cubo maloliente y húmedo. Una cama con las sábanas revueltas se arrinconaba contra la pared del fondo, una hornalla sobre una garrafa de gas sostenía una olla con algún tipo de guiso que por su aspecto parecía llevar días allí y el mobiliario se completaba con una pequeña mesa de mimbre donde se acumulaban botellas vacías de cerveza.

—Quilmes —dijo Franklin que vio al chico inspeccionándolas— preferiría tomar meo de perro. Pero no estaría bien visto ¿no crees?

Walter no supo si Franklin hablaba en serio, pero tampoco tenía ganas de reír en ese momento. Se acercó hacia la cama, alisó el cubrecama y se sentó allí.

—Hablemos de negocios.

—¡Pero qué rápido quieres avanzar! Primero lo importante, ¿dónde te alojarás?

—No lo sé.

—¿Don António no te dio ninguna indicación?

—Sólo me escribió tu nombre en un papel.

—¡Pero que viejo *k'ara*! ¿Cómo que no te ha dicho dónde debes vivir?

—Nada dijo.

—Hablaré con Herminia para que te de una habitación esta misma tarde.

Walter asintió satisfecho.

—Bien, ahora sí —Franklin se apoyó con las manos a la espalda contra la pared frente al muchacho —yo soy Franklin Bautista como ya sabes. Nací y viví en Cotoca, Bolivia, toda mi vida pero mis padres eran de aquí, de Buenos Aires. Igual ya murieron. Sé que quizás esto no te importe pero déjame contártelo de todos modos. Lección número uno: debes aprender a hablar como un *porteño*, Walter. La gente de por aquí es muy racista y no tolera a los que venimos de la región andina. Hablar como hablan ellos te ayudará a adaptarte.

—¿Quién dijo que necesito adaptarme?

Franklin se detuvo y contempló al muchacho.

—Me gusta tu actitud, niño. Pero mejor guardas esa rudeza para la hora de hacer negocios. Te adaptarás a vivir aquí o morirás.

—Tú no lo has hecho tan bien.

—Estoy intentando. Ya va a ir saliendo ese acento insolente de por aquí.

Walter no se sentía cómodo con ese tipo y sintió que ya irían mal. Pensó en Don António y se preguntó por qué lo habría mandado al cuidado de ese boliviano con unos aires de superioridad y amaneramiento que no disimulaba. ¿Acaso se creía que porque sus padres habían partido de esa ciudad de mierda hacia Bolivia era mejor que él que nunca antes había salido de su Celendín natal?

—*Bisness*, hermano. Vamos a lo importante.

Franklin echó una carcajada.

—No sabía que hablabas la lengua del yanqui.

—Se lo escuché a un idiota como tú antes que le clavara un plomo entre las cejas.

Los dos hombres se midieron como dos alces antes de chocar sus cornamentas.

—Ya Walter, me necesitas más que lo que yo te necesito a ti. Dejémonos de todo este juego. ¿Quieres descansar un poco? ¿Comer?

El chico sintió como su panza hacía ruido ante la sola mención de una comida.

—Me parece que sí. Vamos, te invito un almuerzo —dijo Franklin y el muchacho, resignado y hambriento, lo siguió.

***

Walter clavó los dientes sobre el Big Mac con desesperación.

—Vaya que tienes hambre.

El otro no respondió. Sólo deglutía con ferocidad mientras el jugo de la carne y la salsa le acariciaba el gusto en una adormecedora sensación de placer y ansiedad.

—Eso que ves allí afuera, esa especie de torre blanca —dijo Franklin señalando por el ventanal— es lo que aquí llaman "el Obelisco". Este es el centro de la ciudad.

Walter observó lo que le indicaba el boliviano, pero nada que no fuera comer le interesaba en ese momento. Tomó un sorbo de Coca-Cola y sintió como el golpe repentino de azúcar en su boca lo sacudía placenteramente, como si estuviese siendo arrullado en una cuna por una mano invisible.

Franklin se mostraba inquieto. Se movía en la incómoda silla de plástico y se acomodaba el pelo, aplastándolo con sus dedos grasosos, a cada momento. El chico se llevó una papa frita a la boca y mientras la masticaba le dijo:

—¿A quién esperas?

—Ya lo verás.

Miró por el gran ventanal. Los edificios antiguos que se cruzaban diagonalmente en torno a la rotonda donde se alzaba el tal Obelisco no eran nada parecido a lo que había conocido y en algún punto lo impresionaban. Se sentía un campesino extraviado en medio de la gran ciudad y esa sensación le molestaba. Había llegado para imponerse, para expandir el negocio de Don António y había comenzado mal. Que decepcionado se sentiría el viejo si lo hubiera visto, siendo robado por tres pendencieros en la madrugada, corrido a manguerazos por el encargado de un edificio.

Un tipo con uniforme de McDonald's pasó por al lado de su mesa.

—Cinco minutos —dijo sin siquiera mirarlos y siguió de largo.

—¿Y a ese qué le pasa?

—Ese es Ramiro. Mejor que aprendas a llevarte bien con él.

Walter alzó los hombros y siguió masticando su hamburguesa. Cinco minutos más tarde, ya había terminado de comer y vio acercarse hacia su mesa, de nuevo, al tal Ramiro.

—¿Ya terminaste con eso? Qué velocidad.

—Ahora sólo necesito una cama para dormir dos días y ya podré empezar a trabajar.

—Nada de eso. El trabajo empieza ahora.

Ramiro se sentó al lado de Walter y se dirigió a Franklin.

—¿Quién es este?

—Es mi nuevo muchacho.

—Nada de eso —interrumpió Walter— soy su nuevo socio.

Franklin Bautista se quedó sin palabras. El gerente le echó una mirada fugaz y escrutadora.

—¿Socio? ¿Este pendejo?

—No le hagas caso al chico, es nuevo en la ciudad.

—Soy el socio. Me manda Don António al igual que él.

—¡Cállate! —dijo Bautista enrojeciendo de la furia.

—Yo me las tomo, resuelvan sus cuestiones y después hablamos de laburo —dijo Ramiro y comenzó a ponerse de pie. Una mano de Franklin se apoyó con seguridad sobre su pecho y lo obligó a volver a sentarse.

—Eso no hará falta.

—Boliviano de mierda, me estoy jugando mucho acá ¿entendés? No quiero que vos y tu mierdita... me arruinen.

—Mierdita serás tú hijueputa.

Franklin estuvo a punto de levantarse y darle una bofetada a Walter pero entonces Ramiro sonrió.

—¿De dónde lo sacaste?

—Acaba de llegar del Perú y todavía no ha sido amaestrado.

—Un bolita y un peruca de mierda. Esto es genial. Sólo yo me meto en estos quilombos.

—Volviendo a lo nuestro —dijo Franklin sin dejar de mirar con furia al chico.

—¿Él va a vender?

—Sí.

—¿Qué voy a vender?

—Cuarenta y cinco minutos por día. Los días que yo diga. Y me quedo con el cincuenta por ciento. Yo le voy a ir diciendo al peruquita cuándo puede.

—Una hora y para vos va el veinte por ciento.

—Treinta y cinco.

—Veinticinco.

—Hecho.

Franklin y Ramiro se estrecharon la mano. El empleado se levantó de la silla y siguió su camino.

"¿Los puedo ayudar en algo?" se dirigió con una gran sonrisa a una familia cuyos niños estaban haciendo un enchastre con el kétchup sobre la mesa.

—Walter, vamos a empezar a trabajar. Vas a vender acá mismo.

El chico sorbió el fondo de su vaso de gaseosa hasta que hizo un ruido que indicaba que ya casi no quedaba líquido. Terminó el fondo del vaso, lo apoyó en la mesa y lo estrujó entre sus dedos.

—Dos cosas, Franklin, para no tener que terminar esta relación comercial conmigo enviándote bajo tierra. La primera, no soy tu empleado, ni tu chico, ni nada de todo eso, ¿me entiendes hijueputa? Soy tu socio. La segunda, voy a hacer esto, por ahora. Pero no vine a hacer esto. Vine a expandir el negocio de Don António y traer su imperio a esta ciudad de mierda.

—Este tigrecito ya tiene garras —dijo Franklin— ahora entiendo por qué el viejo te tenía en tanta estima.

—Vamos —dijo Walter levantándose— necesito dormir.

***

Pasaron varios días hasta que Franklin recibió el llamado con el visto bueno de Ramiro.

Walter estaba inquieto. No había llegado de tan lejos para vender en un McDonald's, pero tampoco le gustaba eso de estar encerrado en la pensión todo el día con el boliviano.

La primera noche tuvieron que compartir la habitación. Herminia hizo un escándalo porque Franklin conocía las reglas: "máximo una persona por habitación". La ancha mujer quiso emprenderla con escobazos contra su inquilino, el único que estaba autorizado a permanecer en la pensión al menos, pero se tranquilizó un tanto cuando éste le depositó en la mano un rollo de billetes suficientes para cubrir su deuda y una semana entera más.

—Consígale una habitación a mi colega y le pago por adelantado lo de él también.

—Está todo ocupado. Recién mañana se va el de la habitación 15.

—Perfecto, la que queda a dos puertas de aquí. Eso va a funcionar.

—El tema es esta noche. No me gusta que éste duerma acá con vos. Ya sabés bien que este es un establecimiento honorable —dijo despectiva la mujer señalando con un ademán de cabeza a Walter.

—Vamos, Doña Herminia, le acabo de pagar por adelantado. Es una sola noche. Y además, lo de honorable no se lo cree ni usted.

La mujer cedió malhumorada y salió de la habitación refunfuñando directo a barrer la calle.

—Me llamaste colega —notó Walter.

—¿Acaso no era lo que querías? ¿Que no te tratara como un niño?

—Sí.

—Ahí lo tienes.

—¿Dónde se supone que dormiré yo?

Franklin levantó la frazada de su cama y se la arrojó al pecho a Walter que la tomó en el aire y entendiendo lo que le había querido decir el otro la esparció en un rincón del piso.

Eso tampoco le gustó, pero pensó que era preferible antes que dormir en un banco de plaza para que unos pobres diablos se ensañaran con él. No los había olvidado y ya hablaría de eso con su socio. Necesitaba encargarse de los que lo habían humillado, pero ya habría tiempo.

Apenas terminó de acomodar el tejido chato sobre el piso se acomodó encima y lo próximo que supo fue que estaba durmiendo.

En algún momento de la noche sintió que alguien se le aproximaba y entre sueños percibió que esa presencia se le arrimaba más y más hasta que le respiraba sobre la oreja. Se despabiló de un salto y girando medio cuerpo tomó de los hombros al invasor.

—Tranquilo niño —dijo Franklin Bautista risueño y destilando olor a alcohol— sólo soy yo. Quería saber si estabas durmiendo.

—¿Qué no ves acaso?

—Vamos, que hace frío y te quedaste con mi frazada. Un abrazo no vendría mal.

Walter levantó la rodilla de golpe y la clavó en la boca del estómago del boliviano que se quedó sin aire. Enderezándose lo empujó de los hombros hacia atrás y el otro chocó la cabeza contra el borde de la cama. El chico estaba ahora completamente de pie y ante suyo Franklin se tomaba la panza en el lugar donde había sido impactado por la rodilla del muchacho intentando recobrar el aire.

—Escúchame bien pedazo de mierda, no soy de los tuyos. ¿Está claro? La próxima vez te rebanaré el cuello.

Franklin sonrió.

Walter le inyectó una patada en el mismo lugar donde le había dado el rodillazo.

—¿Crees que estoy bromeando? Te mataré. No lo dudes.

—Ha sido un malentendido Walter —dijo el otro apenas pudiendo articular una oración.

—Nada de eso. Sé bien que es lo que intentabas y no es lo mío. ¿Entendido?

—Sí —susurró el otro con un rastro de voz.

—Ahora dormirás tú en el piso y yo iré a la cama.

El otro seguía con el cuerpo doblado y asintió moviendo la cabeza.

El resto de la noche pasó ligera y cómoda para Walter que luego de semanas volvió a dormir sobre un colchón.

Al día siguiente Walter se mudó a la nueva habitación. Era casi idéntica a la de Franklin, pero había sido apenas aseada para acomodar al nuevo inquilino, lo que ya era bastante más que lo que podía encontrarse en la habitación del otro.

Los días pasaron perezosos. Walter pudo recuperar las horas de sueño perdido y ganó unos kilos de peso a base de guisos y pucheros a costa de estar llegando al límite de su aburrimiento. Por otra parte, quería hablar en algún momento con su socio el modo en el que la ciudad lo había recibido, pero no quería que éste lo viera como un blando que no había podido defenderse de tres rateritos en la madrugada, por lo que se resignó a la espera y a planificar la venganza en las horas muertas. Ya habría tiempo de hablar del asunto.

Una tarde Franklin golpeó la puerta de su habitación y entró sin esperar respuesta.

—Llamaron. Vas a trabajar. Hoy mismo empiezas —dijo y apoyó sobre la mesa de luz del muchacho una bolsa.

Walter estaba acostado sin otra ocupación que la contemplación inmóvil de una mancha de humedad en el techo. Giró la cabeza, vio la bolsa que había apoyado el boliviano, se levantó de la cama y la tomó. Adentro había una docena de ravioles de cocaína.

Los contempló sin pasión.

—¿Alguna duda?

—Nunca vendí.

—Siempre se comienza con algo ¿no?

—¿Y vos qué vas a hacer?

—Yo puse la bolsa en tu mesa de luz —respondió Franklin que parecía haber perdido su natural estado risueño.

Walter metió la mercadería en los bolsillos de su pantalón y salió.

***

Sentado en la misma mesa en la que había estado hacía diez días, Walter Ayala esperó impaciente que pasara algo. Era la primera vez que tenía que hacer de mula y no le gustaba para nada. Se habría sentido mucho más cómodo si le hubieran indicado un blanco para cargarse. Para disimular, se había pedido un Big Mac. Por la ansiedad ya se había comido tres cuartas partes del sándwich en pocos minutos.

Ramiro, el gerente con el que habían arreglado, se paseaba gentil por el local como amo y señor, ofreciendo sobrecitos de aderezo a los comensales, pero a él lo ignoraba adrede.

Contempló el monumento blanco que se alzaba del otro lado de la ventana y que Franklin le había dicho que se llamaba Obelisco. No entendía por qué alguien habría querido construir algo tan inútil y alto. Unos chicos hambrientos se amontonaban en la puerta del local esperando la caridad de algún cliente bondadoso de salida. Estaban sucios, la poca ropa que llevaban estaba rota y Walter sintió una mínima compasión por ellos. Cada tanto alguno lograba colarse dentro del restaurante, pero un guardia de seguridad retacón y morocho como los propios niños los invitaba con rudeza a que se fueran.

Un tipo con traje y corbata, el pelo prolijamente recortado y engominado se sentó con una bandeja frente suyo. No dijo nada. Walter se despabiló.

—¿Molesta si me siento acá? —dijo el hombre mientras abría la caja de cartón de su sándwich de pollo.

No sabía qué contestarle.

—Hay mucho lugar en otras mesas, estoy esperando gente —dijo.

El hombre no contestó. Siguió comiendo su sándwich con parsimonia y cuando terminó acercó la bandeja con la caja de cartón vacía a Walter. El chico la apartó. El hombre volvió a acercarla.

—¿No querés comer lo que queda de mi hamburguesa? Estoy lleno.

Walter no sabía que estaba sucediendo. Nadie le había dicho lo que tenía que hacer ni cómo iba a reconocer a un cliente. El tipo podía ser cualquier chiflado de los que esa ciudad parecía llena. De mala gana arrimó la bandeja y hurgó entre los restos de la cajita de cartón de la hamburguesa. Entre unas lechugas aplastadas y deslucidas había aplanados tres billetes. Los tomó con disimulo mientras con la otra mano colocaba un papel de cocaína dentro de la caja. Volvió a correr la bandeja hacia el tipo.

—¿No querés más? Lo termino yo entonces —actuó el hombre que con sigilo tomó el papelito y lo guardó en el bolsillo de su saco.

Se levantó y se fue.

Entonces así era como funcionaba.

Franklin no le había dicho nada; lo había enviado allí solo y él tenía que adivinar cómo funcionaba el negocio. Lo estaba probando. Esperó un rato más y se acercó una mujer de unos veinte años, la cara demacrada y pálida, vestía un pantalón de jogging y una remera descolorida. No llevaba bandeja. Sin levantar el rostro se sentó frente a Walter, apoyó una mochila encima de la mesa y se le acercó. El bolsillo exterior estaba abierto y no le costó a Walter divisar el color violeta de los billetes apretados que tomó y cambió por una dosis en un movimiento casi imperceptible. Tenía mano para eso.

La chica tomó el bolso de un tirón y se levantó de la mesa apurada.

Walter se acomodó en la silla relajando los músculos de su espalda y piernas. Era muy fácil. Dio un vistazo relajado a su alrededor. Una empleada estaba sentada en la mesa de al lado, lo había estado viendo mientras masticaba una hamburguesa. Cuando sus miradas se cruzaron, la chica rápidamente lo esquivó.

Walter se levantó de la silla y se sentó frente a ella.

—Qué viste?

—Nada.

—No mientas.

—Nada... no vi nada que no haya visto antes. No te preocupes. ¿Te pensás que no vemos todo lo que pasa acá?

Walter dudó. ¿Qué tenía que hacer con esa situación? No estaba calzado. Desde que le habían robado la 9 mm no había vuelto a pensar en la posibilidad de portar un arma. Había sido un error.

—Natalí —leyó Walter el nombre de la empleada en el distintivo que llevaba colgando en el pecho —¿puedo confiar en vos?

—¿Te pensás que voy a arriesgar la vida por este trabajo de mierda?

Walter dudó de nuevo. Era una muchacha bonita. Morocha, de generoso pecho, la cara redondeada y ojos color miel.

—Sos nuevo por acá —dijo ella, ahora con un poco más de confianza ante el silencio del peruano.

—¿Conociste al anterior?

—Sí. No duró mucho.

—¿Qué le pasó?

—No sé. Un día dejó de venir.

La chica sorbió de su vaso de Coca-Cola.

—Tengo que volver a la línea de cajas —dijo y se puso de pie.

—Walter —dijo él sin saber por qué.

—¿Walter?

—Es mi nombre.

—Está bien —respondió ella y se fue.

El chico se había arrepentido en el mismo instante en que le había dicho su nombre pero había habido algo en Natalí que lo había llevado a perder la prudencia.

Alguien le tocó el hombro. Era el gerente.

—Por hoy ya está. En diez minutos me cae inspección. Tomátelas. —dijo y siguió su camino.

Walter se levantó y salió.

***

Lo novedoso se transformó en rutina para Walter. Esperaba el llamado de Ramiro a Franklin, éste le pasaba una bolsa con la mercadería que tenía que vender, se aparecía en el McDonald's una hora más tarde, compraba una hamburguesa pequeña y pedía un vaso de Coca-Cola tamaño grande para que durara más, se sentaba en una mesa alejada del fondo a comer y esperar que llegaran los clientes. Los que ya le habían comprado lo reconocían sin inconvenientes. Los nuevos se guiaban porque el gerente se ocupaba de que al lado de su mesa algún empleado pasara un trapo húmedo por el piso y colocara la advertencia de piso resbaloso. Ya conocían el código.

Tampoco tardó demasiado en descubrir las recurrencias y los tipos de persona que habitaban ese restaurante de comidas rápidas enclavado en la zona más céntrica de la ciudad. Turistas despistados y con aspecto emocionado y cansado luego de largas caminatas. Estos eran los más propensos a sufrir robos. Los rateros eran la otra mayoría de los habitantes semipermanentes del local; a la semana Walter ya los conocía y había descubierto sus técnicas de robo. Se acercaban a los turistas y les ofrecían alguna chuchería a cambio de monedas. Apoyaban el producto encima de la mesa del desprevenido, podía ser una lapicera barata, un paquete de pañuelos descartables o una estampita de un santo y mientras con voz lastimera suplicaban por una moneda con la mano derecha cubierta por la mesa inamovible hurgaban con habilidad por debajo del punto de vista de la víctima para manotear cualquier cosa que estuviera allí abajo: cámaras de fotos que colgaban de sus cuellos, billeteras gordas que sobresalían de los bolsillos, alguna pulsera de oro y todo lo que estuviera al alcance del manotazo.

—Siempre es así —dijo Natalí.

—¿Así como?

La chica se había sentado una vez más en la mesa a la derecha de donde estaba Walter y los separaba únicamente el estrecho pasillo señalizado con la advertencia de piso resbaloso.

—Rateros, malvivientes, fisuras —la chica dio un mordisco pequeño como de pajarito asustado a la hamburguesa.

—¿Y como yo?

—Sos el único. Ahora. Pero ya hubo otros. Ya te dije.

—No de los míos.

—No sé. Había un chico que venía seguido. Un día desapareció.

—Habrá caído adentro quizás.

—¿Adentro?

—De la jaula.

—Ah, puede ser.

Walter se preguntaba por qué Natalí siempre parecía ir a comer a la hora en la que el llegaba.

—¿Siempre comés eso?

—Nos obligan a comer acá. No podemos traer cosas de afuera. Imaginate.

—Pues no comas y ya.

—No puedo no comer —dijo ella marcando las palabras de lo que le resultaba obvio —nos obligan.

—¿A comer los obligan? ¿O a no traer comida de afuera? Me confundes Natalí.

La muchacha se estiró y tomó la mano de Walter que la sintió cálida pero tuvo el instinto de apartarla.

—Vení zonzo, no te voy a hacer nada —volvió a tomar su mano y la llevó a su frente. La tenía hinchada.— ¿Lo sentís? Me pasó hace cuatro días. No había comido nada. Estaba cansada de estas hamburguesas de mierda. Son puro veneno. Estaba en la cocina, cortando lechuga cuando empecé a sentirme mareada. De pronto me encontré en el piso, rodeada de caras de preocupación y murmullos.

—¿Qué te pasó?

—Me desmayé. Me llevaron a una clínica en ambulancia. Perdí el resto del día de trabajo que no me pagaron, obviamente —la chica dejaba ir las palabras en tono monocorde de resignación.

—¿Por comer esta comida?

—Al contrario. Me jefe me habló al día siguiente, me dijo que eso me había pasado por no comer nada en todo el día. Que por eso nos obligan a que nos tomemos un rato para almorzar. Me dijo no sé qué cosa del magnetismo de la cocina y que si no comemos ese magnetismo te marea, te hace mal.

—¿Y tú te crees esa tontera?

—Imaginate que yo he pasado días enteros sin comer nada nada y nunca me había pasado lo que me pasó el otro día. Después hablando con otras chicas de la cocina me dijeron que a otras también les pasó. Leila, Andrea, hasta Martín me dijo que en algún momento les había pasado de desmayarse o sentirse mareados.

Un tipo bien vestido, con un tic nervioso en la cara, estaba parado frente a la mesa de Walter. Natalí volvió a lo suyo y Walter le hizo un gesto con la mano para que se sentara.

El hombre puso arriba de la mesa un billete y lo deslizó hasta el muchacho que con agilidad lo cambió por un papel de cocaína que volvió a deslizarse por la mesa en dirección contraria. Cuando se hubo ido, buscó a Natalí a su lado, pero la empleada también se había ido.

***

La semana siguió su rutina casi invariable. A Walter lo llamaron dos veces más para ir a vender y en ninguna de esas ocasiones se encontró con Natalí. Pensó que quizás había renunciado. O se había vuelto a desmayar y ya no iba a volver. La habrían echado por ser débil y no poder soportar el trabajo. Como fuera, le parecía bien no tener su zumbona presencia a su lado mientras trabajaba. Se había acostumbrado demasiado a ella y eso era un error.

El viernes, cuando ya estaba por volver a la pensión, un revuelo invadió el local. Un niño atravesó la puerta del baño llorando. Una empleada se acercó rápidamente con una chuchería en la mano para tranquilizarlo mientras la madre ya lo había ido a contener.

—¿Qué pasa?

—Un señor, ahí adentro, me mostró su pito.

La madre y la empleada que rodeaban al chico empalidecieron.

Walter se levantó y se acercó a la escena. Se dirigió al baño.

—Espere señor, está clausurado de momento.

El peruano se apartó del pecho la mano de la empleada que había intentado detenerlo y entró.

Un viejo escuálido se masturbaba frente al espejo. Tenía la cara colorada y se sacudía frenéticamente ignorando todo lo que sucedía a su alrededor.

Walter lo tomó de los hombros y sin decirle una palabra lo empujó con todas sus fuerzas para afuera, el tipo atravesó la puerta y se dio la cabeza contra la puerta del baño de mujeres. Escuchó gritos, salió y le encajó una patada al viejo al que los golpes parecían haber excitado más porque no había dejado de masturbarse y por el contrario ahora lo hacía con mayor furia, mayor fuerza. Walter le metió una trompada en el medio de la cara y luego siguió con una patada y otra y otra más, todas en el centro de la cara hasta que brotó la primera sangre. El viejo se derrumbó sobre el piso. Llegaron dos guardias de seguridad. Eran dos morochos feos, uno de ellos alto y un poco más flaco en relación con el otro que era una masa humana desbordada de carnes. El flaco se encargó de alzar al masturbador mientras que el otro tomó a Walter que comenzó a sacudirse en vano porque la mole humana lo llevaba sin dificultad hacia afuera del local. La suela de una de sus zapatillas empapada de sangre fue dejando un sendero de huellas de rojas sobre el piso y una empleada se acercó sin dilación con un balde lleno de agua grisácea y una mopa para limpiar. Ante la puerta de salida fue que se apareció Ramiro, el gerente y detuvo al guardia.

—Está bien Edgar, yo me encargo de este —dijo y lo llevó de nuevo a Walter a la mesa que tenía asignada para vender.

El peruano se sentó de mala gana.

—¿Me querés explicar qué carajo fue eso?

—Tenías un exhibicionista en el baño de hombres.

—Eso no es asunto tuyo.

—Un niño lo vio.

—De nuevo, ese no es asunto tuyo.

Walter se arrimó hasta donde estaba Ramiro.

—Escúchame bien, nunca verás a Walter Ayala cruzado de brazos mientras se daña a una criatura.

—No, escuchame bien vos —dijo Ramiro sin perder la fría calma— acá, en este local, mando yo. Mi gente de seguridad podía encargarse del asunto fácilmente. Que sea la última vez que te veo metiéndote en un asunto que no es el tuyo porque voy a tener que hablar con Franklin y decirle que el negocio se termina.

Se miraron fijamente a los ojos. Ramiro se levantó de la silla, siguió mirándolo y luego se dio vuelta para con una sonrisa preguntarle a una pareja ajena a todo lo que había ocurrido, sentada a una mesa de distancia, si precisaban algo y todo estaba en orden con ellos.

Walter se acomodó los nudillos. Le ardían. La adrenalina le había tapado el dolor de cuando los había estampado sobre el rostro del viejo, pero ahora que había vuelto a recobrar su pulso normal los músculos se habían relajado y el dolor subía.

La semana siguiente no lo llamaron. Supuso que fue en escarmiento por lo sucedido o quizás para esperar a que se aquietaran las aguas. Fuera como fuera Franklin estaba inquieto.

—Este malnacido de Ramiro, no contesta mis mensajes, no llama, ¿qué bicho le picó? —dijo mientras daba vueltas en círculo, nervioso, en la habitación de Walter que lo miraba impávido desde la cama.

—Bueno, ya, di algo Walter.

El chico no dijo nada, sólo giró el cuerpo en dirección a la pared y se dispuso a dormir.

El llamado del gerente del local no llegó nunca. En su lugar llegó el de Juan. Era el nuevo gerente. A Ramiro lo habían despedido. Pero el negocio debía seguir funcionando. Como en la anterior ocasión, Walter y Franklin se sentaron a negociar con el gerente en la mesa del local. Esta vez Walter ya conocía el negocio, sabía cómo debía comportarse, qué decir y que callar y Franklin no lo trató de niño.

—Mi socio —dijo señalándolo.

Juan parecía mucho más seguro que Ramiro. Más curtido también y Walter leyó en eso un peligro potencial.

—Sé cuáles eran las condiciones del acuerdo que tuvieron con mi antecesor, pero ahora las cosas cambiaron. Para mí va el cuarenta y cinco.

Franklin rio.

El otro no cambió la expresión.

—Ya, en serio. Podemos mejorar un poco el trato, pero nunca llegar al cuarenta y cinco, amigo.

—No tenemos nada más que hablar entonces —dijo con seguridad el nuevo gerente y se puso de pie.

—Oye, espera, no te apresures —lo contuvo Franklin.

—El riesgo es muy grande para mí —dijo el nuevo gerente que no había vuelto a sentarse— más con tu socio.

—¿A qué te refieres? —Franklin le dedicó una mirada de reproche.

—¿No sabés? El quilombo que hizo la otra semana. Le costó el cargo a Ramiro. No voy a permitir que me pase a mí, pero eso implica que voy a necesitar más cuidados y más cuidados es más plata. Si no les gustan las condiciones, se pueden ir y me consigo a otro.

Franklin no pudo disimular las ganas repentinas de arrancarle el corazón a Walter y servirlo entre dos panes como una hamburguesa al próximo cliente que entrara al restaurante.

—De acuerdo —concedió a regañadientes— pero esto no va a quedar así. Nadie amenaza a Don António. Y nosotros somos gente de Don António. Una amenaza a nosotros es una amenaza a él.

El gerente exageró un bostezo.

—¿Tenemos un trato? —dijo extendiendo la mano.

Franklin se la apretó con fuerza durante unos segundos y lo soltó.

Volvieron a la pensión en un silencio pesado.

Atravesaron el pasillo y Walter se adelantó a su cuarto, murmuró un "hasta mañana" y se encerró allí.

—Escúchame Walter —gritó Franklin del lado de afuera— no sé qué habrás hecho pero la diferencia irá de tu parte. ¿Entendido?

No hubo respuesta.

—¿ENTENDIDO? —gritó nuevamente Franklin y la puerta de la habitación se abrió de golpe. Walter apareció en el vano, lo tomó de las solapas de la camisa y lo acorraló contra la pared.

—Escúchame tú, hijueputa, a mí no me vas a decir cómo tengo que trabajar. Y la próxima vez que intentes amedrentarme será la última. Y no me importa que a ti también te haya enviado el Don Antônio.

Los dos hombres se midieron con furia.

—¿Qué hiciste? —cedió por fin Franklin.

—Me cargué a golpes a un viejo pervertido que manoseaba niños en el baño.

El boliviano ladeó la cabeza. Walter lo soltó, le dio la espalda y se encerró en la habitación dando un portazo.

***

—Yo que vos no me metería eso en la boca.

Walter apoyó la hamburguesa sobre la bandeja de plástico y se dio vuelta para ver de dónde venía el comentario.

En la mesa al lado suyo estaba sentada Natalí que comía su almuerzo con tranquilidad.

—Pensé que ya no te iba a ver por aquí.

—Estuve viniendo, no debemos haber coincidido en los horarios.

—Sí —dijo Walter que volvió a darle un mordisco a su sándwich.

—¿Me extrañaste?

—No.

—Yo creo que sí.

—Estoy trabajando. No me fastidies.

—Sí, yo también estoy trabajando. Es mi hora de almuerzo, pero acá todo es trabajo. Aún cuando descansamos nos miran los jefes.

—Tienes uno nuevo.

—Juan.

—Es un *lúser*.

—¿Un qué?

—Un imbécil.

Natalí se limpió los labios con una servilleta.

—Tengo que volver al mostrador. Haceme caso, no comas más las hamburguesas Angus.

—¿Y por qué habría de hacerte caso?

—Produce apendicitis.

—Ya, deja de joder.

—Es en serio. Si comés muchas de esas hamburguesas en cualquier momento te van a tener que operar para sacarte un pedacito de grasa, ahí en la panza.

—Que ya lo dejes, dije.

—Empieza como un dolor de panza cualquiera pero al poco tiempo te das cuenta que es más fuerte que lo normal. Y entonces te tienen que operar. Si no te explota y te podés morir.

—Pero mira que dices tonterías, mujer.

—No son tonterías —siguió convencida Natalí— cuando recién empecé a trabajar acá la comía siempre esa hamburguesa y entonces un día me agarró un dolor estomacal muy fuerte. Fui a la guardia, le mostré al médico que me preguntó donde trabajaba y después, sin que le dijera yo, si comía la Angus. Le dije que sí y el tipo sacudió la cabeza como si estuviera cansado de eso. Me dijo que había tratado varios casos de apendicitis en gente que justo antes había comido este sándwich. No te lo van a decir, pero es así.

Walter apoyó su hamburguesa nuevamente sobre la bandeja, la contempló intentando ver si tenía algo peculiar y dijo:

—Yo la veo igual a cualquier otra hamburguesa que sirven ustedes. Todas son basura por igual.

—Esta es peor.

—Ya tengo bastante de tus historias. Como esa que me hiciste del magnetismo que te hizo desmayar y quién sabe qué más.

La chica suspiró.

—Hacé lo que quieras, no me digas que no te avisé —dijo y lo dejó a Walter solo.

Cuando volvió a alzar la vista vio que tenía un tipo en traje sentado frente suyo, esperando con un par de billetes debajo de los dedos apoyados contra la mesa. Realizó la transacción mecánicamente. El tipo se levantó y se fue y Walter esperó aburrido al siguiente. Ahora que la birlocha le había comido la cabeza con eso de la explosión dentro de su estómago había comenzado a sentir un calambre ahí mismo. Estaba convencido que habían sido las palabras de la chica la que lo había llevado a sentir esa sensación, no había nada de malo en la hamburguesa que había comido. No debía haberla escuchado, le había envenenado los oídos.

Un alboroto en el frente del local lo despertó de sus cavilaciones. Los gritos se alzaban desde el frente, donde estaban las cajas registradoras, y también escuchaba ahora varios golpes, más gritos y empujones. Walter se levantó y se asomó con algo de timidez para ver la escena. Un cliente, fuera de sí, gritaba todo tipo de insultos a una de las cajeras. Un guardia de seguridad, el obeso, ya había ido a sostenerlo, pero el tipo parecía no importarle porque se sacudía intentando zafarse de las pesadas manos del otro mientras seguía escupiendo todo tipo de reclamos y acusaciones.

—¡Me dio la hamburguesa con cebolla y le pedí sin cebolla! —gritó el cliente.

—¡Me tiró la hamburguesa por la cabeza y me escupió! —respondió la empleada detrás de la caja.

Alrededor de la escena los demás clientes que habían estado esperando su turno de pedir habían formado un círculo.

Walter miró para todos lados. El gerente no estaba.

El guardia de seguridad también parecía estar buscando la aprobación de su jefe para proceder.

El cliente enojado no dejaba de sacudirse y seguía con los insultos.

—Hija de puta, te voy a hacer cagar.

Walter vio a Natalí que se acercaba al tipo desbocado.

—Señor, disculpe el error, tranquilícese ¿sí? Le están preparando una hamburguesa sin cebolla como usted pidió.

—¡Ahora no quiero su puta hamburguesa de mierda!

—Señor, sólo intentamos ayudar. No tiene por qué ponerse así.

—¡Te voy a agarrar a vos hija de puta! ¡Te voy a esperar a la salida y vas a cobrar!

—Saquen a este pelotudo de acá —dijo el gerente que apareció por fin desde atrás del mostrador, planchándose la camisa con las manos.

El guardia de seguridad terminó de empujar al tipo afuera del local.

Walter volvió a su mesa.

El gerente pasó a su lado, levantó el cartel de piso mojado. Era la señal. Tenía que irse. Tomó el bolso y salió del local. Miró la hora, faltaban diez minutos para las seis de la tarde.

El dolor de panza se le había ido, así como había venido. Había sido todo por lo que le había dicho Natalí. La hamburguesa no podía causar nada de todo eso malo que ella le había dicho.

Cruzó la avenida y entró en una pizzería, pidió una porción de muzzarella y un vaso de coca y se puso a comer de pie en la barra frente a la ventana, con la vista clavada en el McDonald's. Una media hora después salió Natalí. Se terminó el vaso de gaseosa de un trago y apuró el paso a la calle. Comenzó a seguirla a unos metros de distancia. La chica caminaba segura, con la cartera contra el cuerpo, esquivando a la gente que pasaba a toda velocidad, ocupando la acera completamente. Bajó por la avenida Corrientes hasta la calle Suipacha y se metió por la calle angosta. La calle estaba casi desierta y los edificios atrapaban los restos de luz del día dejando sólo un pasillo oscuro donde los pasos de la chica retumbaban.

A mitad de cuadra, en la puerta de un cine pornográfico, una mano la tomó del brazo y la empujó hacia sí.

—¡Te dije que te iba a esperar a la salida, china malparida! —gritó y estampó un manotazo contra la mejilla de la chica.

Walter no tuvo dudas: corrió al encuentro mientras desenfundaba el revólver calibre .38 que le había dado Franklin y sintiendo que volvía a vivir para lo que había nacido, a la carrera y sin detenerse para tomar aire, le metió un tiro en la frente al tipo que le había pegado a Natalí. El estampido del revolver resonó por toda la calle abovedada y la chica quedó petrificada, parada en el medio de la cuadra, enchastrada de sangre, con el tipo que la acababa de golpear muerto a sus pies. Sin darle tiempo a reaccionar, Walter la tomó de la mano y la hizo correr antes que la policía, cuyas sirenas ya se oían cerca, llegara hasta allí.

Capítulo 2

La villa

Walter golpeó la puerta de la habitación de Franklin, pero nadie respondió. Volvió a golpear.

A su lado, la chica se sacudía en un temblor que no parecía poder controlar.

—¿Tienes frío?

No tuvo respuesta.

Walter golpeó una vez más la puerta de la habitación de su socio y esta vez se abrió.

—Oye, Walter, estaba durmiendo, espero que tengas algo importante... —empezó a decir Franklin apenas saliendo de la habitación. El peruano lo empujó de nuevo hacia adentro y tomando de la mano a Natalí también la hizo pasar al desordenado cuarto.

—Toma eso y límpiate la sangre —le dijo indicándole una toalla blanca mugrosa en el suelo, al lado de la cama con las sábanas desparramadas.

Franklin se restregó los ojos como si pretendiera cerciorarse que no estaba soñando todavía.

—¿Qué carajos...?

—Ella es Natalí, una amiga —se adelantó Walter.

—Eso veo. La pregunta es por qué las has traído aquí.

—Porque no tiene otro lugar dónde ir.

Franklin miró a la chica que se pasaba la toalla por la cara.

—¿Acaso estás loco? —dijo en un susurro.

—Ella me necesitaba.

—¡Pero traerla aquí!

—Yo... yo ya me voy —dijo Natalí con voz ronca, recuperando el habla por primera vez desde el momento en que había visto cómo el cráneo de su atacante se partía instantáneamente en una explosión de sangre y sesos.

—Claro que no —se apuró Franklin a decir y se adelantó hasta quedar frente a la chica— nada de irte. No ahora.

—¿Qué quieres decir?

—Que esta no puede irse así, sin más. Ahora ya sabe dónde paramos. Me ha visto a mí. Walter no había pensado en eso.

—¿Qué quieres que hagamos, entonces?

Franklin se llevó la mano a la cintura y en un movimiento casi de prestidigitador la volvió a alzar llevando ahora una pistola calibre .22 que apuntó a la cabeza de Natalí.

—Lo siento niña —dijo.

—¡No te atrevas, desgraciado! —gritó Walter desenfundando el .38 que inmediatamente quedó apuntando hacia su socio.

Franklin apuntaba a Natalí. Walter apuntaba a Franklin. Natalí dejó caer unas lágrimas mientras sostenía todavía la toalla ensangrentada en la mano. El aire enrarecido del cuarto estiraba la tensión.

—Vamos, deja ir a la chica y esto se termina.

—Si la dejamos ir nos denunciará.

—Nada de eso —dijo Natalí con un hilo de voz— no voy a decir nada.

—Claro, ella ya sabe hace tiempo qué hacemos y nunca nos denunció.

Franklin pareció exasperarse con eso.

—¿Cómo que ella ya sabía lo que hacemos? ¿Cómo permitiste que algo así ocurriera? Walter se alzó de hombros sin dejar de apuntar con su revolver.

Franklin se enjugó el sudor de la frente con el brazo izquierdo.

—Esto no cambia nada —dijo por fin— es un peligro que no podemos permitirnos correr.

—Yo no soy un peligro, por favor señor —suplicó Natalí.

Al final del pasillo común que unía las habitaciones de la pensión escucharon gritos que se aproximaban. La voz inconfundible de Herminia, la casera, se acercaba. "No, ya le dije que no puede pasar por ahí," decía la mujer agitada ante unos pasos pesados que no le respondían. Franklin y Walter cruzaron una mirada. Alguien golpeó la puerta de la habitación.

"¡Voy a tener que llamar a la policía si no se retira inmediatamente!," se quejó la mujer sin convencimiento.

"¿Es acá?"

"Sí, es ahí, pero va a tener que irse."

Volvieron a golpear.

—Si viene la policía caemos todos —dijo Franklin pensando en voz alta pero también con la intención de que lo escuchara Walter.

El peruano no respondió. Sin dejar de mirar a su socio estiró el brazo hasta el picaporte y abrió la puerta.

Un rayo de luz entró en la habitación iluminando a Franklin y a Natalí. El guardia de seguridad obeso del McDonald's donde trabajaba la chica estaba del otro lado de la puerta y entendiendo al instante lo que estaba sucediendo también desenfundó una pistola.

Herminia dio un alarido de espanto. El tipo la tomó del camisón a la altura del pecho, la empujó adentro de la habitación pasando luego él también y cerró la puerta.

—¿Qué está pasando acá? —dijo con tranquilidad.

—¿Y éste quién es?

—Ay, por favor —empezó a decir Herminia— creo que me voy a desmayar.

—¡Cállate, tú!

—Sabía que no tenía que dejarlos quedarse acá.

—Tendrás que matarnos a todos ahora si sigues con tu plan —dijo Walter.

—Puedo hacerlo —dijo Franklin sin dejar de tener en la mira a la chica— y tú, ¿quién eres?

—Edgar —dijo Natalí— ayudame.

—Para eso vine —dijo el recién llegado.

Walter había reconocido al obeso nuevo jugador.

—Estoy contigo —le dijo— sólo quiero que mi socio deje ir a Natalí.

El tipo agarró a Herminia y le pasó el brazo alrededor del cuello tirándola contra su cuerpo y apuntó directo al cuerpo de Franklin.

—¡Suélteme! —dijo la mujer pero el guardia de seguridad la apretó más fuerte contra su cuerpo hasta taparle la boca con su rechoncho y peludo brazo.

—Ya lo ves, hermano, estás rodeado. No saldrás vivo de aquí.

—Quizás no, pero si yo me voy para el otro lado, todos ustedes también.

—Ya Franklin, deja todo esto. La chica vive y nosotros arreglaremos cuentas luego —dijo Walter.

El gordo recién llegado y Walter tenían razón. Sabía que no tenía forma de matar a la chica y salir vivo de ahí. Tampoco tenía ya sentido hacerlo. No ahí, no en ese momento, no podía iniciar una masacre sin sentido.

—Walter —dijo con voz pastosa que le recordó que hacía tan solo unos instantes estaba durmiendo feliz y lejos de toda esa situación —muchacho, sin mí no eres nada en esta ciudad.

El chico miró de reojo al guardia de seguridad obeso y luego volvió la mirada a su socio.

—Baja ya el arma y dejemos que la chica se vaya con nuestro nuevo amigo. Tú y yo arreglaremos nuestro asunto.

—¡Pero acá no! —gritó Herminia que había logrado escapar la boca de la masa rechoncha de pelos y carne del guardia que la había aprisionado.

Walter y Franklin le dedicaron una fugaz mirada incómoda al guardia de seguridad. El tipo apretó su brazo y la mujer cayó inconsciente al piso.

—Va a estar bien —dijo con parquedad.

Natalí sintió un escalofrío. La pistola con la que la apuntaba Franklin temblaba ahora en su mano.

Por fin la bajó.

—Debo haber enloquecido —dijo en voz bien alta y abatida, esperando que cayeran las balas de Walter y del gordo sobre su cuerpo.

***

Se hizo un nuevo silencio.

Walter movió la mano para indicarle a Natalí que fuera hacia él y la chica obedeció sin dudarlo un segundo. Franklin Bautista extendió los brazos en el aire como si intentara abrazarlo:

—Bueno, ya, hagan lo que tienen que hacer.

El gordo se adelantó hasta donde estaba Walter ahora acompañado por la chica y la tomó de un manotazo llevándola hacia su pecho, le pasó el brazo rechoncho por encima y la atrajo contra su cuerpo.

Walter empezó a bajar su pistola. El gordo hizo una mueca sorprendida y después lo imitó.

—¿Entonces?

—Vamos Franklin, puede que estés loco pero nos necesitamos mutuamente. Bien que lo sabes.

Giró la cabeza para ver a la chica ahora en brazos del enorme hombre que la retenía.

—Llévatela. ¿Puedes hacerlo? ¿Sacarla del medio?

—Sí.

Walter extendió la mano y acarició la cabeza de Natalí. Pasó los dedos por entre sus cabellos lacios, empastados con sangre, electrizados por la situación.

—Tú no dirás nada de lo que sucedió, ¿no es cierto Natalí?

—No.

—Nada de lo que hacíamos, nada de cómo murió el hijueputa que te puso una mano encima.

—No —repitió la chica con voz temblorosa y ronca.

—Porque sabes que si dices algo la policía te encerraría ¿lo sabes?

—Sí.

—Y aún si lograras convencer a la policía de que no has tenido nada que ver con todo esto, sabes que un día iría yo mismo en persona y te colocaría una bala aquí —terminó con frialdad, apoyándole la punta de un dedo en la frente sudorosa Walter.

—Sí.

—Llévatela —le dijo al guardia de seguridad.

El hombre salió llevándose consigo a la chica.

Quedaron solo Walter y Franklin enfrentados dentro de la habitación. En el piso, todavía inconsciente, Herminia, la dueña de la pensión.

—¿Qué haremos ahora? —preguntó Franklin.

—Eso no lo sé.

—¿Acaso no vas a seguir a ese gordo?

—¿Con qué caso?

Franklin alzó los hombros.

—¿Qué haremos ahora? —comenzó a lamentarse— no podemos volver a vender en el restaurante, mataste a un tipo, la chica acaba de salir de la mano de ese otro desconocido y cuando despierte Herminia nada bueno puede esperarnos.

—Es cierto —respondió lacónico Walter.

Franklin empezó a dar vueltas por la habitación. Sentía un cosquilleo en todo su cuerpo que necesitaba dispensar de algún modo.

—Creo que deberíamos irnos de una buena vez de aquí.

—¿Y qué sugieres? —preguntó Franklin agitado.

—Que nos vayamos.

—¡Eso lo sé! ¡Pero di algo específico!

Walter disfrutaba de ese momento. Ese loco Bautista estaba empezando a caerle mejor que nunca.

Comenzó a esbozar una sonrisa.

El otro lo miró con ansiedad.

—No veo nada de gracioso en esta situación.

—Junta tus cosas en un bolso, sólo lo indispensable. Yo haré lo mismo. Salgamos de aquí —dijo Walter y salió de la habitación dando un portazo.

Franklin quedó inmóvil. Se sentía desarmado, fuera de su eje. Sabía lo que tenía que hacer. Lo que en verdad tenía hacer era salir, ir a buscar al chico a su habitación y matarlo de un tiro como a un perro. Pero entonces, luego ¿qué? Lo necesitaba. Sabía que Don António le tenía aprecio al muchacho y por algo se lo había enviado. De cualquier modo, solo no iba a poder llegar demasiado lejos. La pregunta era hasta dónde podría llegar acompañado por el muchacho. Lo que sí debía admitir, pensó, era que no le faltaba coraje y decisión. Pero iba a tener que marcarle algún límite. No ahora. No. Debía dejar que el chico creyera que lo tenía dominado y entonces, cuando menos se lo esperaba, se iba a cobrar su venganza por las humillaciones de esa tarde; por haberse salido con la suya con la chica que había llevado a la pensión y por todas las otras faltas de respeto que le había hecho desde que lo había conocido.

Pero no era el momento.

Empezó a recoger la poca ropa limpia o definitivamente no tan sucia que tenía desperdigada por toda la habitación y la fue metiendo en un bolso de lona desgastado.

Herminia, que todavía seguía en el suelo, comenzó a despabilarse.

—¿Qué? ¿Qué pasó acá? —balbuceó mientras se esforzaba para lograr sentarse en el piso.

Franklin buscó la pistola que había apoyado en la mesita de luz y la levantó, apuntó a la mujer.

—Herminia —dijo— se le va a cumplir su deseo: nos vamos de aquí.

La mujer se tapó la boca con la palma de la mano mientras recordaba la situación que acababa de suceder.

—No me dispares, por favor —suplicó la mujer.

Podía sentir como los latidos de su corazón golpeaban en su pecho a toda velocidad. Si no lo mataba su inquilino, la mataría un infarto.

—Vamos a hacer lo siguiente —dijo Franklin— usted se va a quedar bien quietita ahí, en el rincón —indicó con la punta de la pistola la unión de la pared exterior y la que lindaba con el cuarto vecino —y no le va a pasar nada.

—Sí, sí —se apuró a decir la mujer.

—Y después tampoco va a decir nada a la policía.

—No, nada.

—Hoy está en su día de suerte. Hoy me encontró loco. Le perdoné la vida a dos personas: a la chica y a mi socio. Al gordo que la dejó inconsciente no creo que podamos considerarlo un ser humano. Era un monstruo —reflexionó— en fin, ya sabe lo que dicen de que no hay dos sin tres, por lo que se la voy a perdonar a usted también. Pero sólo si me promete que cuando nos vayamos se dará por pagada y no irá con el chisme a la policía ni a nadie más.

—Lo juro —dijo la mujer y se santiguó a toda velocidad, terminando con un beso sonoro en la punta de sus dedos.

—Si algún día viene alguien, cualquiera, a hacer preguntas, usted doña Herminia no vio nada.

—Ni siquiera estoy viendo ahora —la mujer se tapó los ojos con las manos.

—Me parece bien, quédese así. Cuando yo salga de esta habitación va a contar hasta quinientos y recién después saldrá usted. ¿De acuerdo?

Herminia asintió con la cabeza y Franklin enfundó la pistola en su cintura. Terminó de recoger la ropa en el bolso, llenó otra mochila con dos ladrillos de cocaína y salió de la habitación.

Del otro lado de la puerta de su habitación Walter lo esperaba con sus propias cosas ya guardadas en una mochila y el revolver al costado de su cuerpo.

Franklin golpeó a su puerta. Walter se asomó y lo vio por la mirilla. Distinguió la cacha de la pistola sobresaliendo de la cintura. No había ido a matarlo. Abrió la puerta y salió.

—Vamos —dijo y tomó la delantera.

Salieron a la calle.

—Sí que estás loco Bautista —le dijo— me gusta así. Creo que ahora podremos empezar a llevarnos bien.

—Deja ya eso —dijo con fastidio Franklin— ¿a dónde vamos a ir?

—Tú me dirás.

***

La villa miseria se abría a sus pies a través de un largo corredor de tierra y barro que funcionaba como la principal calle que comunicaba los pasillos, muchos de ellos sin salida, en un entramado irregular y desordenado que constituía el barrio.

Había edificaciones precarias de dos y hasta tres pisos que parecían estar a punto de venirse abajo, con las paredes peladas o pintadas de colores chillones y desparejos, cables negros que cruzaban el cielo como una telaraña, negocios improvisados al paso que exhibían mercancía falsificada o comidas caseras a la sombra de las lonas que se extendían desde algunos balcones, rejas oxidadas en las ventanas y montículos de basura a los costados del camino. Un pasacalle con la inscripción *Duhalde senador* colgaba a mitad del largo pasillo que hacia el final se oscurecía debajo del puente de la autopista.

Walter y Franklin se pararon en la entrada llevando nada más que un bolso cada uno y contemplaron el espectáculo que por esa hora parecía poco animado, casi sin gente deambulando por la calle a excepción de un cartonero que andaba en una carreta tirada por un caballo con aspecto viejo y cansado.

—¿Y ahora? —dijo Walter desconfiado.

—Ahora entramos —respondió Franklin y comenzaron a andar por el pasillo de la villa.

Franklin sentía una tensión en todo el cuerpo y se sentía observado. Le había hecho caso al chico y había decidido dejar ir a la chica y salirse de la pensión. ¿Cómo había permitido que tomara la delantera? Todavía estaba aturdido. Lo que había sucedido en las últimas horas lo había tomado desprevenido y ahora el chico parecía haber tomado el asunto en sus manos. ¿Y qué iba a decirle? No tenían otra opción y Walter parecía muy confiado en que eso iba a salir bien.

Anduvieron unos minutos por el largo pasillo de la villa hasta que unos tres hombres cargando escopetas se les aparecieron de frente, como si hubieran salido de la nada. Uno de los tipos se adelantó y los otros quedaron un paso detrás suyo. El que se adelantó llevaba una camisa hawaiana abierta y unas bermudas color caqui.

—¿Están perdidos? —dijo apuntando con el caño de la escopeta a Walter y Franklin.

—Disculpa causa, es que no tenemos donde vivir y pensamos...

—Pensaron que acá les íbamos a dar un rincón donde poner sus cosas y apoyar sus culos huesudos —completó el tipo de la camisa hawaiana.

—Algo así, sí.

El tipo los examinó unos segundos, giró la cabeza hacia los costados, cruzó miradas con sus guardaespaldas y largó una carcajada que fue replicada por los otros dos hombres.

—Tenemos con qué pagar por un alojamiento —dijo Walter.

—A ver, esto no es tan sencillo. No nos conocemos, no sabemos de dónde salieron más que aparecieron por el pasillo de la villa apenas empieza despuntar el día.

—Tienes razón. Me llamo Walter Ayala pero me dicen el Inca y él es mi socio Franklin Bautista, el Loco.

Franklin le dio una fugaz mirada de reproche y pregunta. ¿"El Loco"? ¿de dónde había sacado esa estupidez?

El tipo de camisa hawaiana desconfiaba.

Walter extendió su mano firme y por fin el tipo bajó la escopeta y le tendió la mano.

—Romualdo Díaz. Me dicen "Manteca".

—Entonces, don Manteca, ¿podremos quedarnos aquí?

—Eso está por verse.

—¿Qué necesitamos para que nos den un lugar para quedarnos? —preguntó Franklin.

—Epa, qué apuro. ¿No serán ustedes acaso gente del paraguayo, no?

—¿Qué paraguayo?

—Ramírez.

—No conocemos a ningún paraguayo, —dijo Walter con sinceridad.

—Sí, se nota que no tienen ni puta idea. No habrían entrado a la villa tan tranquilos. Tienen que estar realmente locos.

Walter sonrió.

—Oye, Loquito, abre el bolso y muéstrale lo que traemos a ver si con eso podemos comprar nuestra estadía aquí.

Franklin respondió nervioso:

—No sé de qué hablas, amigo.

Walter le arrancó el bolso de la mano y lo apoyó en el piso a los pies del Manteca. Revolvió la ropa hasta que dio con lo que buscaba. Sacó los dos ladrillos de cocaína peruana de máxima pureza y se la extendió al tipo.

Franklin no podía creer lo que estaba viendo. Ese chico los estaba arruinando.

—¿Qué me dices?

El Manteca extrajo una navaja y cortó el paquete, se sirvió un poco en la hoja y la llevó a su nariz. Aspiró y sintió un sacudón que le hizo picar toda la cabeza.

—Este producto es muy bueno —dijo por fin— ¿de dónde lo sacaron?

—Se la robamos a unos peruanos —respondió sin dudar Walter.

—Creo que puedo conseguirles una casilla donde vivir por un tiempo. Quedó deshabitada recientemente. Síganme.

El Manteca se dio vuelta invitando a Franklin y Walter a que lo siguieran. Sus guardaespaldas se ubicaron detrás de los dos recién llegados con el caño de sus escopetas apuntando a sus espaldas.

Caminaron en silencio metiéndose por el laberinto de pasillos de la villa.

—¿Por qué motivo quedó deshabitada la casilla a donde nos llevan? —preguntó Franklin que todavía no podía creer que Walter hubiera cambiado su única fuente de ingresos a cambio de irse a vivir a una de esas casas precarias.

—Ahí vivía un tipo al que le decían Morcilla. Porque era un negro gordo y feo.

—Y entonces, ¿qué pasó con el tal Morcilla? —insistió Franklin.

—Ya cállate Loco —le espetó Walter.

—No, está bien que sepan, —respondió el Manteca— del Morcilla se encargó el Samurai Jack en persona cuando se enteró que estaba cagándole guita. Lo abrió al medio y con sus tripas le dio de comer una semana a los perros y gatos vagabundos. Al Samurai no le gusta que lo traicionen —terminó el Manteca de decir con un tono frío y carente de toda emoción.

—¿El Samurai?

—Hacen muchas preguntas ustedes. Recuerden que siempre el silencio es salud. Bien, aquí estamos —dijo el Manteca parándose frente a una casilla de ladrillos y chapas oxidadas. Abrió la puerta que crujió y los hizo pasar. Se traba de una construcción de una sola planta con un par de colchones olorosos en el piso, un baño adosado al fondo y una garrafa de gas con una hornalla en el centro.

Un perro vagabundo los había estado siguiendo y se metió dentro de la casilla antes que ellos.

—Animal de mierda —dijo el Manteca levantando la escopeta.

—No, no lo mates —lo interrumpió Walter tomando el caño de la escopeta en su mano.

Los guardaespaldas del Manteca lo apuntaron a la cabeza.

Walter soltó el caño de la escopeta.

—Sos muy atrevido vos.

—No mates al perro. Yo me lo quedo.

—Como sea —dijo el Manteca resignado— la mercadería suya vale por cinco meses de alquiler. Después van a tener que ponerse. Y si no tienen se van a tener que ir.

—No será problema —dijo Walter.

—Los dejamos descansar entonces —los tres hombres armados los dejaron solos.

Walter se metió dentro de la casilla y buscó al perro que se le acercó amistoso. Le acarició el pescuezo.

—Ya te vamos a conseguir algo de comer —le dijo.

Franklin entró en la casilla y se sentó en uno de los colchones olorosos frente a Walter.

—Pendejo de mierda —dijo— espero que tengas un plan para recuperar el producto porque de otro modo estaremos muertos en una semana.

Walter no le respondió.

***

A Walter lo despertaron los primeros tiros. La noche estaba en su punto más oscuro y le había costado quedarse dormido en el colchón oloroso y casi chato sobre el piso.

Fueron dos disparos. Luego siguió otro, perdido, una respuesta y entonces se desató la balacera. Miró a su socio que dormía completamente ajeno a todo en el otro rincón de la pequeña habitación que conformaba el rancho. El perro, a quien había bautizado "Quijada" tenía el cuerpo pegado al suelo, pero también levantó una oreja y abrió un ojo. Walter le acarició el lomo y llevándose el dedo mayor al labio le hizo un "Shhhh".

Los tiros siguieron y ahora también se escuchaban gritos. El llanto de un bebé.

Franklin por fin se despertó con una sensación de mareo. Miró a su izquierda, la pared sin revocar, luego a la derecha y lo vio a Walter que le hacía gestos apurados para que no se levantara. Entonces comprendió lo que estaba pasando. Se quedaron inmóviles con el cuerpo pegado a los colchones. Los tiros siguieron por lo menos un minuto más y luego volvió la calma.

Durante unos minutos Walter esperó que la balacera volviera, pero ya no escuchó más que el llanto cada vez más lejano y apagado del bebé. Entonces sin más, se volvió a quedar dormido.

La mañana despuntó nublada. Walter fue el primero en levantarse. Encendió la hornalla de la garrafa y comenzó a hervir agua para el mate. El perro se le acercó con timidez. No tenía nada para darle. Iba a tener que hacer las compras y de paso podría terminar de conocer la villa. Miró hacia su socio que dormía como si lo hubiera noqueado un peso completo. Encima de su cabeza, en la pared del fondo que daba al precario baño, había una marca en el ladrillo. Se levantó para observarla de cerca. Metió la punta de su dedo meñique en el orificio negro que ahora comenzaba a filtrar un rayo de luz oblicuo proveniente del exterior.

—¿Qué miras? —lo saludó de buen día Franklin.

—Un orificio de bala.

—¿Cómo? —dijo su socio refregándose los ojos.

—Debe haber sido de anoche.

—¿Qué estás diciendo? Seguro que ya estaba aquí.

—Nada de eso. Lo hubiera notado cuando llegamos.

Franklin sintió un repentino nudo en la garganta.

—¿Quieres decir...?

—Sí, que de haberte levantado anoche posiblemente hubiera tenido que limpiar tus sesos del piso.

El otro tragó saliva. ¿El chico lo había salvado entonces? Podía ser.

Walter se sirvió un mate. Chupó la bombilla con serenidad.

—Vaya que aprendes rápido las costumbres de por aquí.

—Hace ya varios meses que estoy viviendo en esta ciudad, era lo mínimo que me iba a suceder.

—Los extranjeros nunca terminan de entender el mate.

—Cállate que tú has vivido en Bolivia más tiempo que aquí.

Se puso de pie y se encaminó hacia la puerta.

—Haré unas compras —dijo y salió seguido por el perro.

Franklin se sentó sobre el colchón en el piso. No había tenido ni un minuto para pensar en todo lo que había sucedido en las últimas horas. El chico lo había comenzado a llevar de las narices y eso lo inquietaba un poco. Pero al mismo tiempo había comenzado a mostrar algo de la madera que Don António debía haber visto en él.

Se rascó la cabeza. Sí, había tenido razón. Ya era hora de comenzar a conquistar territorio. Pero le inquietaba el kilo de coca que todavía guardaba en la mochila. Ahí no contaban con protección y estaban en el territorio del tal Samurai Jack. Para peor ese tiroteo nocturno no podía significar sino que la villa estaba siendo disputada.

"Ganancia de pescadores," se dijo y pensó que, si el liderazgo de la banda de Jack estaba puesto en duda, iba a ser mucho más fácil llegar a controlarla. Sólo había que mover las piezas con inteligencia. Y conseguir hombres. Y armas. Y dinero. Sintió de nuevo un pinchazo al costado del cráneo, no le gustaba pensar en todo eso.

Ya habría tiempo. Se levantó del piso y se cebó un mate que tomó de pie. Era cierto que iban a necesitar acondicionar ese lugar si iban a vivir allí. Una mesa, unas sillas, una cocina.

Debía hablar con los punteros de la zona para ver el modo de que aceleraran los tiempos para convertir esa pocilga en un lugar mínimamente habitable.

Alguien golpeó a la puerta. El chico no era. Hubiera entrado sin más.

Buscó por la habitación el bolso rojo con el ladrillo de cocaína. Volvieron a golpear la puerta.

Tapó el bolso debajo de la delgada manta del colchón justo en el momento en que la puerta se abría.

Un tipo morocho con largo pelo azabache pajizo pasó dentro del rancho.

—Buenos días vecino, disculpe que lo venga a molestar, quería presentarme —dijo.

Franklin no le respondió, sólo lo vio como el hombre entraba acompañado de otro tipo.

Los recién llegados se quedaron cerca de la puerta.

—Va a tener que disculpar Don, lo de anoche. Sabemos que fue una sacudida. Más para un recién llegado.

—¿Ustedes quiénes son? —preguntó Franklin que sostenía su pistola detrás de la cintura.

El que había hablado miró a su acompañante y ambos rieron.

—Disculpe señor, no nos presentamos —dijo recobrando el tono falsamente cordial el que tenía la voz cantante— Oscar Florencio es mi nombre, pero me dicen "Oscarcito". Acá mi socio es Quimey Rodriguez. No le decimos sino Quimey que ya bastante nombre tiene ¿no cree?

Los dos rieron nuevamente.

—¿Qué quieren?

—Oiga, sí que es impaciente este hombre —dijo Quimey.

—¿Acaso no le dicen El Loco?

—¿Y tú cómo sabes eso?

—Las noticias corren rápido por los corredores de la villa, amigo —dijo Oscarcito.

Los tres hombres se midieron en un silencio tenso.

La puerta volvió a abrirse y apareció Walter cargando varias bolsas seguido de Quijada que venía con la lengua afuera y moviendo el rabo.

—¿Y ustedes quiénes son? —dijo apenas vio a los intrusos.

—¿Otra vez las presentaciones? —masculló Quimey.

—Deja, ya tu socio te hablará de nosotros. Era sólo esto —dijo Oscarcito que se llevó la mano a la cintura corriéndose el anorak azul que llevaba hasta dejar a la vista la culata de una pistola— un saludo de parte del Samurai Jack. Queríamos cerciorarnos solamente de que hubieran pasado una buena noche y que de casualidad no se les ocurriera empezar su estadía aquí haciéndose amigos del paraguayo Ramírez y su gente.

—No sabemos quién es ese paraguayo —dijo Walter cortante. Sus ojos no podían dejar de dirigirse hacia la pistola que llevaba Oscarcito en la cintura.

—Ya lo sabrán. Y no van a querer terminar como terminó Chespirito anoche —dijo y salieron.

Walter se corrió del vano de la puerta para que pasaran los dos matones y luego sin decir palabra entró las bolsas que acomodó en el piso.

—Necesitamos comprar muebles —dijo Franklin.

—¿Cómo llegaron esos acá?

—¿Y yo qué sé? Simplemente aparecieron.

—Eso lo vi.

—Me pregunto quién será ese Chespirito del que hablaron.

—Uno que liquidaron anoche. Es de lo único que se habla en los pasillos de la villa esta mañana.

—Mala suerte para él.

—Sí.

Walter se cebó otro mate. El agua estaba todavía algo tibia.

—Ese, el de la pistola.

—Oscarcito.

—Tenía mi pistola. La que me robaron cuando llegué a esta ciudad.

—Oye, ¿estás seguro?

—Tanto como de que me lo voy a cargar.

***

Toribio "Chespirito" Mella había terminado mal. Su cuerpo abatido, con cinco orificios de entrada de balas de 9 milímetros manchándole el pecho como una pintura abstracta, había quedado estampado contra una de las paredes de cemento del almacén *Los amigos*.

La pequeña construcción tenía tres ambientes enclavados en una de las calles principales de la villa, de las pocas que tenían asfalto, ocupando apenas unos cuarenta metros cuadrados que habían sido conquistados hacía mucho tiempo por una de las primeras familias en fundar el asentamiento. Se trataba de una construcción modesta, aunque más destacada respecto de las casas de los vecinos. El actual dueño, un tipo moreno, alto y flaco al que llamaban Palo Quemado, había conseguido la codiciada propiedad cuando la familia original que la había levantado había decidido volver a Santa Rosa del Aguaray en San Pedro, Paraguay. Entonces, Palo Quemado había ocupado la propiedad y se la había adueñado junto a su mujer y sus tres hijos. Desde la ventana enrejada de la habitación occidental comerciaba golosinas. El resto de la habitación estaba saturada de productos de limpieza y cocina, pero también tenía comestibles y una heladera con bebidas y cervezas, así como algunos congelados. Sus servicios eran bien apreciados en la comunidad y todos sabían que, para instalarse allí, poder entrar los productos que vendía y proteger su depósito contaba con el visto bueno del paraguayo Ramírez.

Y ahora, Chespirito Mella, un tipo retacón y mofletudo, que había sido uno de los principales hombres confianza del paraguayo, estaba muerto, apostado contra la pared del almacén de Palo Quemado, cosido con cinco tiros.

Walter contemplaba el escenario sin que lo que veía le generara ningún tipo de emoción. Alrededor suyo se había formado un círculo de vecinos que también se habían acercado a curiosear.

—Esto se va a poner picante —murmuró un tipo al lado suyo que llevaba un carro de cartonero y parecía haberse detenido de camino a su labor diaria sólo para contemplar la situación.

Walter no respondió. Había comprendido rápidamente lo que sucedía. Se había iniciado una guerra entre el tal Samurai y el paraguayo Ramírez. Esa guerra se había cobrado una baja del bando de Ramírez y lo habían dejado tirado contra la pared del almacén que estaba bajo su jurisdicción. Había llegado a la villa hacía un día, pero ya había comprendido cómo funcionaban allí las cosas.

—¿Qué sucedió?

El cartonero, sin dejar de mirar el cuerpo de Chespirtio, le respondió:

—Lo de siempre. Ver quién es el que controla la villa. Desde que el paraguayo se metió en política las cosas cambiaron. El Samurai que se la tenía jurada desde hace tiempo volvió del exilio a la villa. Esta vez vino con más gente y más armas.

Por los pasillos que rodeaban al almacén empezaron a aparecer unas sombras que pronto se hicieron distinguibles, eran pibes con el torso desnudo y la cara tapada con remeras mugrientas y rotas, cargando cada uno una pistola que apuntaba al cielo. La gente dispuesta alrededor del almacén comenzó a dispersarse apenas vieron como llegaban como pirañas hambrientas los pibes. Al frente del cardumen, un tipo de unos veinticinco años con la cara descubierta se paró a dar órdenes.

—Josele, Mencho, Pancho, levanten al Chespi y pónganlo en la carreta. Jetón y Pulga, encárguense de lavar la sangre. Vamos que tenemos que limpiar todo este enchastro.

Walter no se movió de donde estaba.

El líder lo percibió y le clavó los ojos encima.

—¿Y vos quién mierda sos?

Walter no respondió. El pibe se le acercó y poniéndole el caño de un revolver .38 bajo el mentón volvió a decirle:

—Te pregunté quién mierda sos, ¿estás sordo?

—Walter me llamo.

—Nunca te vi por acá.

—Llegué con mi socio ayer.

El pibe no movió el revolver del mentón de Walter.

—No me gusta tu actitud. Creo que me voy a empezar a desquitar por lo que le pasó a mi amigo Chespirito con vos. ¿Qué te parece?

Walter se encogió de hombros desafiante.

—Si vas a disparar —dijo y tomó el caño del revolver, lo llevó hasta su propia frente— te recomiendo que sea acá. No vas a querer que en una de esas quede vivo y sin mandíbula.

El caño de la .38 quedó fijo en la frente de Walter. No le temblaba el pulso al que lo empuñaba.

—Pepino —gritó uno de los que estaban levantando el cuerpo —está muy pesado.

El pibe bajó el revolver.

—Esta vez zafaste porque me necesitan —dijo y se fue a ayudar a cargar el cuerpo en una carreta tirada por un caballo raquítico que masticaba unos brotes de pasto al costado de la avenida.

Walter supo que ya había tenido suficiente y volvió con tranquilidad hasta el rancho. Quijada salió a su encuentro entusiasmado y se arrodilló para acariciarle el lomo y el pescuezo. Franklin apareció en la puerta.

—¿Averiguaste algo?

—Conocí a la gente del paraguayo.

—¿Y?

—Están desesperados. Van a perder esta guerra.

—Bien.

—Te veo algo inquieto.

—Tenemos que volver al negocio, Walter.

—¿Nos quedó un kilo? Empecemos a vender.

A Franklin no lo convencía la idea de meterse en territorio ajeno y desconocido y comenzar en el negocio. Menos en tiempos de guerra.

Walter lo adivinó en su rostro.

—Déjame que me encargue. Creo que sé lo que podemos hacer.

El boliviano se metió de nuevo en la casucha resignado. Todo ese plan estaba mal desde el comienzo. Lo sabía. Al minuto entró Walter que se dirigió hacia su colchón sin decir palabra y se acostó mirando al techo.

—¿Eso es lo que harás? ¿Quedarte contemplando el agujero de bala que dejó la riña de anoche?

—No estaba viendo eso.

—Peor, sólo mirabas las chapas del techo.

La luz de un relámpago se coló por la puerta todavía abierta y luego se escuchó un trueno que resonó dentro de la construcción como si fuera una cueva. Empezaron a caer unas pesadas gotas de lluvia.

—Lo que nos faltaba.

Las goteras comenzaron a aflorar por todo el techo.

—Tranquilo amigo —dijo Walter— todo estará bien.

Cerró los ojos y se dejó arrullar por el sonido de la lluvia hasta quedarse dormido.

***

Walter entró en el rancho con la nueva tele que le había comprado a Asensio Villagra y la apoyó sobre una caja de manzanas vacía. El aparato parecía algo antiguo, pero el vecino le había mostrado que sintonizaba todos los canales. Con una aguja de tejer que le había dado como cortesía se subió al endeble techo de la casilla y pinchó el cable negro y grueso que distribuía una señal televisiva de baja calidad por la cantidad de colgados con la que ya contaba. Lo conectó a otro cable que llevó hacia el interior, hasta el televisor y cuando lo encendió una imagen llovida apareció en pantalla.

Franklin entró en ese instante en la casilla acompañado por Quijada.

—¿Qué es esto?

—Mira pata, ciento treinta canales —lo saludó Walter que ya se había acostado en el colchón frente a la tele.

—¿Cuánto nos costó esto?

—Eso no importa.

—Claro que importa. Ya llevamos una semana aquí, perdimos todo nuestro cocó y no estamos haciendo nada más que perder tiempo. Y tú ahora te traes un televisor.

—Cállate.

—Para perder nuestra mercancía y el tiempo sí que sirves.

Walter no dijo más. Se levantó, le silbó al perro para que lo acompañara y salió al estrecho pasillo que circundaba su rancho.

—¿Y amigo? ¿qué tal la nueva tele? —le preguntó Villagra cuando pasó por su puerta.

Walter no contestó. Caminó a paso vivo, los ojos fijos en el piso, la boca muy cerrada y los dientes apretados. Se metió por los pasillos que ya había ido conociendo en esa corta estadía en la villa hasta llegar al paredón de Sánchez. Era una pared pintada a cal que tenía una vieja inscripción que decía en tinta roja casi imperceptible "Kiosco Sánchez: golosinas, comidas, bevidas". Apoyado contra la pared había un tipo cargando una mini UZI que sobresalía de su pantalón con un bolso detrás de sus pies contra el paredón. El tipo le clavó los ojos.

—¿Qué quieres?

—Comprar.

—¿Cuánto?

Walter sacó cien pesos del bolsillo.

—¿Qué me das por esto?

El tipo hurgó en su bolso y sacó tres bolsitas de distinto color. Una era roja, la otra negra y la tercera verde.

—¿Qué tienes una fiesta?

—Eso no te importa.

—Al Samurai le gusta saber cuando los vecinos se divierten.

—Ya dame el polvo y deja de parlotear.

El transa tomó el billete que le extendía Walter, lo alzó al sol para verle la marca de agua y le dio las bolsitas junto con el cambio.

—No te lo metas todo junto porque al Samurai tampoco le gusta que sus clientes no le duren.

Walter metió las bolsitas en el bolsillo y volvió sobre sus pasos hasta la casilla que compartía con Franklin.

—Has vuelto —dijo el otro que estaba ahora viendo la tele.

—Aquí tienes —dijo Walter y le arrojó las bolsitas que acaba de comprar— es de la gente del Samurai.

—¿Y qué quieres que haga con esto?

—¡Que las pruebes pe!

Franklin abrió una de las bolsitas, puso unas piscas de polvo en la mesita, armó tres rayas, enrolló un billete hasta formar un canuto y se puso a aspirar.

Se sacudió con el último saque mientras sentía el cosquillero por la nariz llegándole al fondo del cerebro.

—Esta es la nuestra —dijo sintiendo la boca pastosa.

—Era lo que creía.

—Nos roban nuestra mercancía y la venden.

Walter volvió al colchón y se acostó a mirar la tele.

—No entiendo para qué hiciste eso.

—Ya vas a entender —dijo y se puso a dormir.

Al día siguiente, al despertar Walter, vio a Franklin sentado a la mesa mientras desayunaba unas galletas de agua con mate.

—¿Estás despierto desde tan temprano pata?

—No pude dormir casi nada. Es que creo que estábamos mejor en la pensión —dijo con amargura— no quiero imaginarme lo que le dirás a Don António, cómo justificarás esta pausa en la distribución.

Walter se estiró hasta alcanzar el control remoto de la tele y la prendió. Se armó un cigarrillo de marihuana y comenzó a fumar con tranquilidad.

—Es que estamos aquí perdiendo el tiempo. Esto no es cómo debería ser.

Walter lo ignoró y dio una pitada al cigarrillo mientras miraba perdido el resplandor del televisor.

El otro se paró frente suyo.

—Córrete Loquito, me tapas la telenovela.

Franklin echó una mirada al aparato.

—¿Viendo esta porquería? ¿Acaso no ves que es para niños?

—Cállate y córrete.

—Un orfanato, niños y niñas, cantos y canciones. ¿Cuándo vamos a salir de esta tapera de una buena vez?

Walter exhaló un poco de humo sintiendo como le hacía cosquillas en las fosas nasales al salir.

—Tú eres el que se ha estado bien quieto estos días. Yo he estado trabajando aunque no lo parezca.

—¿Trabajando? Ahí tienes tu trabajo, en cueros sobre la cama, fumando esa porquería y viendo una telenovela para pendejos.

—Claro que no.

—¿Y a propósito, de dónde has sacado eso?—dijo y extendió su mano para que Walter le pasara el porro pero el peruano se hizo el desentendido.

—Es lo que te digo. He estado haciendo averiguaciones. La coca se la compré a un transa en el paredón de Sánchez. Este me lo regaló nuestro vecino Asensio.

—¿Y ese quién es?

—Es lo que te digo. Para conquistar primero hay que conocer.

—¿Y entonces? ¿Ya conoces lo suficiente? Porque lo que es por mí, ya conozco que nos han robado la mercancía y que le hemos vuelto a comprar. Pero no mucho más.

—Claro que no, porque no sabes nada. En cambio yo ya sé algo. Hay que estar en el aire —dijo Walter sentándose en el colchón. Llevó las manos a la altura del pecho— hay que sentir las vibraciones del aire, saber quién es quién, cómo se mueven, todo eso es necesario saber antes de entrar a los tiros. Más cuando no poseemos ningún ejército a nuestras espaldas.

—¡Es que ese era el plan! —gritó Franklin— hasta que lo cagaste todo. Íbamos a comprar lo necesario con el retorno de las transas que estabas haciendo en el McDonald's.

—Eso nunca iba a funcionar.

—Era mejor que ahora. No tenemos ya dos kilos, el próximo envío todavía no llegará y no podemos venderlo aquí en medio de una guerra entre bandas.

Walter le pasó el porro. Franklin le dio una seca, y en seguida sintió como los ojos se le ponían vidriosos.

—Menuda mierda.

—Prensado paraguayo. Meado. Bien meado, —dijo Walter con una gran sonrisa.

—Nosotros deberíamos estar vendiendo esta basura, no comprándosela a los transas del paredón de Sánchez o recibiéndola de regalo de nuestro vecino.

—En eso tienes razón. Más bien sabe a perro mojado esta marihuana.

Walter comenzó a levantarse. Le costaba coordinar los movimientos.

Tomó una remera extendida en el respaldo de la silla. Estaba húmeda y con olor a transpiración pero no le importó y se la colocó.

—¿Y ahora a dónde vas?

—¿Acaso no te estabas quejando de que no estamos haciendo nada?

—Sí.

—Bien, pues aquí me ves: voy a hacer algo.

Franklin se fastidió y Walter sonrió para sus adentros. Le gustaba manipular al boliviano.

—¿Qué es lo que harás?

—Creo que llegó la hora de ir a ver en qué anda mi amiga Natalí.

El otro sintió que lo invadía una repentina furia que había estado dormida y ahora se despertaba.

—¿Amiga? ¿la mocosa que llevaste a la pensión y por la que tuvimos que venir aquí?

Walter no respondió y salió de la casilla. Quijada, que había estado durmiendo hasta entonces, levantó las orejas y al ver a su amo se levantó apurado y comenzó a seguirlo.

—No Quijada, tú quédate aquí con el Loco.

El animal volvió a meterse dentro y Walter caminó sin prisa por la avenida principal de la villa, pasó por la pequeña capilla donde atendía el padre Bernardo, muy querido por la gente de allí y siguió hasta la desembocadura de la avenida en la canchita de fútbol cinco de tierra donde se estaba disputando un partido entre los hombres del Samurai Jack. Walter supo que eso también era resultado del nuevo orden luego de la muerte de Chespirito. Antes del asesinato, la cancha era del paraguayo Ramírez. Había pagado con sangre y territorio.

La tarde se le presentaba ideal para caminar. No tenía apuro; al contrario, no quería volver a verle la jeta al Loco Bautista todo el tiempo que pudiera evitarlo, al menos por ese día. Pasó por la plaza donde había dormido la primera noche de su estadía en Buenos Aires y recordó que todavía le debía una visita a Oscarcito. No tenía dudas, el desgraciado llevaba su Imbel M973 de 9 mm y por eso iba a tener que matarlo. Pero todavía no era el momento. Iba a tener que esperar su oportunidad.

Pasó también por la puerta del edificio donde un portero maleducado lo había echado a escobazos cuando no tenía nada y pensó que algún día también iba a encargarse de él. Por fin, sin apuros, llegó hasta el McDonald's del Obelisco. Echó una rápida mirada hacia el interior. Todo parecía exactamente igual a cómo lo había visto la última vez. Y nadie lo había ido a buscar por haberse cargado al tipo que había querido abusar a Natalí.

Entró en el local, echó una mirada detenida a la línea de cajas. Natalí no estaba allí. Tampoco la encontró en la mesa donde solía sentarse a comer en su turno de almuerzo. Mejor. No había ido hasta allí por ella. Entonces vio a la masa corporal enorme y morena del guardia de seguridad acercarse hacia él con una expresión de disgusto. Era perfecto. Era a él a quien había ido a buscar.

***

El gordo lo tomó del brazo y sin decirle palabra lo llevó a empujones hacia el baño del local.

—¿Qué haces aquí?

—Vine por Natalí. ¿Cómo se encuentra?

El guardia le apretó el brazo con más fuerza.

—¿Es broma? Porque si lo es, es de pésimo gusto.

Alguien hizo sonar el desagüe del inodoro y se abrió la puerta para que saliera un hombre de traje que se acomodó la ropa frente al espejo. Echó una mirada de reojo a los otros dos y salió apresurado.

—Suéltame, es peor así.

El otro lo soltó.

—Tienes diez segundos para decirme a qué has venido y luego te saco a empellones. Habla.

Walter se llevó la mano al lugar donde la masa humana obesa lo había estado apretando y se acarició como si todavía se sintiese dolorido.

—Quiero ofrecerte trabajo.

El gordo sintió que se acaloraba.

—¿Estás loco?

—Vamos. Piénsalo. Tú de seguro no deseas este trabajo. Yo necesito alguien en quien confiar. Luego del modo en el que nos conocimos, creo que podemos hacer muy buenos negocios.

El gordo pareció dudarlo un instante.

—¿Qué te hace decir que no estoy conforme con este trabajo?

Walter golpeó la pared suavemente con el puño cerrado.

—Vamos, mira esta porquería. Paredes de cartón. Comida de plástico. Clientes desagradables. Poca acción. Tú estás para otras cosas. Lo sé. Lo vi cuando nos conocimos en la pensión. Estás hecho de otra madera.

Lo miró a través del reflejo en el espejo. Ahora parecía abatido y triste. La espalda caída hacia adelante y la cabeza gacha.

—¿Para qué me necesitas?

—Vamos a iniciar un negocio con mi socio. Distribución.

—¿Nacional?

—En principio. Pero aquí no está el negocio. Nosotros hemos venido a llevar la porquería a Europa y más allá.

—Supongo que por algo se comienza.

—Sólo somos mi amigo el Loco y yo. Algo entiendes ¿ves?

El gordo lo tomó nuevamente del brazo y lo llevó afuera del baño. Lo empujó hacia afuera del local y le gritó.

—No vuelvas por aquí, pequeña basura, —y luego, cerciorándose que no estaba siendo vigilado le dijo en un susurro— encuéntrame a las cinco y media en el bar de *Rocky*.

—Oye, ¿y yo cómo voy a saber cuál es ese bar?

Pero el gordo guardia de seguridad ya se había dado media vuelta para meterse una vez más dentro del local de comidas rápidas.

Walter consultó la hora en su reloj: era apenas el mediodía. Bajó por la calle Corrientes y entró a Las Cuartetas donde comió unas porciones de muzzarella con una cerveza.

Frente suyo, un hombre enorme enfundado en saco y corbata con la cara estragada de sudor y grasitud, comía una tras otra porción de una pizza grande de cebolla. Estaba solo y parecía concentrado nada más que en llevarse la masa chorreante de aceite al buche una y otra vez, acabando las porciones a una velocidad imposible de seguir.

“Este explota” pensó Walter y lo contempló en silencio al hombre que ya estaba por la mitad de la pizza. Volvió a lo suyo y cuando hubo terminado sus porciones de muzzarella y sintiéndose lleno, pero sin lugar donde ir, volvió a ver al hombre que comía pizza de cebolla. Estaba dando los últimos bocados a la última porción y aún antes de terminar levantó el dedo para llamar al mozo que se acercó con una leve expresión de complicidad en la cara de piedra que todos los que atendían allí portaban como estandarte.

—¿Marcha otra grande de *fugazzeta* jefe? —le preguntó

El hombre que no podía parar de comer pellizcó el aire con los dedos gordo e índice y el mozo entendió que así era.

En seguida una nueva bandeja negra humeante se depositó frente al hombre que en un movimiento continuo terminó de degustar la última porción de la pizza anterior y comenzó con la nueva. Entonces notó que Walter lo estaba observando.

—¿Qué mirás? —preguntó con la boca llena de masa.

—Nada —dijo Walter y desvió la mirada hacia la puerta de salida.

—Me estabas mirando. ¿Qué mierda querés?

—Nada.

—No digas nada —respondió el hombre y se limpió la comisura de los labios con la palma de la mano— porque es obvio que me estabas mirando.

—Deje —dijo Walter poniéndose de pie.

Pero el hombre le señaló una silla vacía frente suyo.

—Vení, sentate.

El chico dudó. Pero no tenía nada mejor que hacer, por lo que le hizo caso. El hombre no había dejado de comer excepto para meterse en la boca unos pocos tragos de agua.

—Yo sé quién sos vos —le dijo el gordo. La panza le chocaba con el borde la mesita de mármol blanco gastado que quedaba ridículamente baja para sus proporciones corporales.

—¿Y quién soy yo?

El tipo sin dejar de masticar dijo con la boca abierta.

—Un transa de poca monta.

Walter no dijo nada.

—Y además, mataste a un pelotudo. Acá a la vuelta. Está bien, era una mierdita. Nadie te va a venir a reclamar ese fiambre.

Eso ya no le gustaba a Walter que buscó instintivamente la pistola en su cintura.

—Dejá pibe, no hace falta. En serio, —dijo el gordo y tragó un vaso de agua. Tenía la frente perlada de gotas de sudor— no te voy a hacer nada. Sé quién sos. Estuviste vendiendo en el McDonald's y se cortó la racha por ese que te cargaste. Ah, lo que hacen las mujeres ¿no?

—Dime quién eres ahora mismo o te reviento como a sapo.

El otro no le prestó atención a la amenaza y se pasó una de las servilletas por la frente.

—Este papel. Parece una lija, —reflexionó.

—Ahora.

—Héctor Argarañaz. Me dicen "Barriga". Creo que el motivo es evidente.

—Eso no me dice nada, amigo.

—Regenteo putas. ¿Está mejor?

Walter comenzó a reírse.

—No le veo la gracia amigo —dijo el otro y se mandó una nueva porción de *fugazzeta*. En esos escasos minutos ya había terminado la mitad de la pizza que le acaban de servir— que descortés que fui, ¿querés?

—Y qué hago yo hablando con un rufián al borde del infarto me pregunto.

—Este no es mi territorio. Podés hacer lo que te plazca por mí —dijo Barriga— sólo estoy aquí por asuntos de placer.

—¿Cómo?

El gordo lo miró extrañado.

—¿Qué? ¿acaso porque manejo putas no puedo yo mismo acostarme con las de otro? Walter creyó que ese tipo debía estar mal de la cabeza.

—Sabes mucho de mí para que este no sea tu territorio.

—Como te dije, vengo de viaje de placer y a veces también negocios por aquí, aunque no me importe lo que suceda. Pero soy prevenido y me informo de todo lo que pasa en la ciudad. Más cuando alguien se carga a un tipo que se movía en la calle.

—Como sea, ya me voy.

—Lo que quieras. Pero andate con cuidado. A mí no me importa a quién liquidás en esta zona, pero no todos son como yo.

—Sé cuidarme gordito —dijo Walter poniéndose de pie, se dio media vuelta, dio un paso y se detuvo— por cierto ¿sabrás cómo puedo llegar al bar de *Rocky*?

Barriga no pareció haberlo escuchado porque estaba de nuevo concentrado con una nueva porción de pizza de cebolla pero apenas la tuvo en la boca le dijo:

—Claro que sí —le dio las indicaciones.

—Gracias, Barriga.

—No es nada. Si alguna vez estás por la zona de Palermo y estás buscando una chica para divertirte vos o tus amigos, buscame en el Kentucky de Puente Pacífico. Ahí sí que hacen una *fugazzeta* que vale la pena.

—Como sea.

—Sólo las mejores mujeres. Nada de travestis ni invertidos —concluyó Barriga como si estuviera repitiendo el slogan de una compañía.

***

El bar de *Rocky* era una pequeña cueva donde la luz del día no lograba penetrar. Las paredes eran negras y estaban pintadas con un gran mancha tipográfica blanca de yeso que decía "Rocky's", las ventanas polarizadas, una barra triste con un par de borrachos acodados y una prostituta con el maquillaje cansado que no dejaba de mirar la hora en un reloj de pared con las manecillas pegajosas.

Walter entró, se sentó en la barra, pidió una cerveza, buscó para pagar, pero una mano pesada se estampó en la madera con un billete arrugado.

—Vamos —le dijo el guardia de seguridad tomándolo del hombro.

Walter llevó la pinta de cerveza y fue conducido a una de las pocas mesas chuecas que había en el bar. Otro tipo parecido, uno parecido al guardia del McDonald's, pero notablemente más delgado, lo esperaba allí.

El gordo se sentó al lado del flaco y sin preámbulos le dijo:

—Ahora, hablá.

—Señores, es un gusto estar aquí con ustedes.

—Hacela corta —le dijo el flaco.

Walter se detuvo, se rascó la cabeza y como si no estuviera del todo seguro de lo que estaba sucediendo le dijo al gordo:

—Perdón, no sé quién es este y por qué está aquí.

—Él es William. Es mi hermano. Si querés hacer negocios va a tener que ser con los dos. No trabajamos solos.

—William —repitió Walter —¿y tú eras?

—Edgar.

—Nos conocen en el barrio como los Hermanos Flores —dijo William cortando la conversación —y como te dijimos, vamos en paquete.

—¡Estupendo! Es lo que vamos a necesitar.

—Entonces, ¿qué tienes en mente?

Walter se acomodó en la silla. Eso era lo que había ido a escuchar.

—Antes quiero saber cómo está Natalí.

—Ella está bien —respondió con parquedad Edgar Flores.

—¿Dónde?

—No te preocupes que no volverás a verla. La dejé a buen cuidado durante un tiempo y luego le dije a dónde deberá dirigirse. Tengo unos contactos en Jardín América, es un pueblito en Misiones. De allí pasará por Posadas y luego a Encarnación. Allí estará bien.

—Que lástima por ella.

—Tú y tu amigo la metieron en esto.

—Sólo la salvé de ese tipo.

—Por eso es que no te metí un tiro. Porque a pesar de todo, le hiciste un bien y yo a esa niña la quiero.

Walter tragó un sorbo de cerveza.

—Quiero proponerles un trato amigos. Quiero proponerles que se unan a mi socio y a mí.

—¿A tu socio? ¿El imbécil que estaba contigo en ese cuarto de pensión? ¿El que quería liquidar a Natalí?

—Estaba bajo una gran presión. Y sí, es un tanto idiota a veces, pero es necesario. Tenemos acceso a buena mercadería directo del Perú. Pero vamos a necesitar establecernos en el territorio.

—¿Dónde?

—Estamos en la villa. Allí el río anda revuelto. Hay guerra. Podemos hacer nuestra ganancia.

—¿Y nosotros qué?

Walter se hizo sonar los dedos de la mano. El meñique sobresalía con una protuberancia de hueso mal soldado. Es donde su madre lo había golpeado con la culata de un revolver y se lo había partido.

—Para comenzar, mi socio y yo necesitaremos armas.

—¿Tienen cómo pagarlas?

—Ahí es donde los vamos a necesitar a ustedes. Tengo una idea —dijo Walter y no pudo evitar que se le comenzara a formar una sonrisa mientras pensaba las palabras que iba a decir.

William dudó.

—No sé de dónde sacaste a este, hermanito.

El gordo se estiró sobre el respaldo de la silla de plástico que apenas lograba contener todo su cuerpo. El material se vio forzado y volvió a su forma natural cuando Edgar se inclinó nuevamente sobre la mesa.

—Mirá, creo que estás hablando pelotudeces. Mi hermano y yo somos gente educada y te vamos a invitar esta cerveza y luego también te vamos a dejar volver a tu refugio en la villa o donde sea que se están escondiendo con tu socio, pero eso es todo.

Walter escuchó, asintió con la cabeza y se expresó con tono tranquilo:

—No me creen.

—Amigo —dijo Edgar —no lo tomes como algo personal.

Walter buscó en su bolsillo y sacó una de las bolsitas que había comprado en el paredón de Sánchez. La puso encima de la mesa.

—Pruébenla antes de decidir que no harán negocios con nosotros.

Los hermanos se miraron dubitativos.

—¿Qué es?

—La mercadería que vendía en el McDonald's.

William sacó una navaja del bolsillo de su pantalón en un movimiento tan rápido que Walter se sacudió cuando vio cómo se clavaba el filo sobre la mesa de madera terciada.

El flaco se rio.

—A ver, vamos a ver de qué va todo esto —dijo y hurgó con los dedos finos de largas uñas renegridas en la bolsita que había colocado Walter sobre la mesa. Pellizcó un poco, la esparció sobre la mesa, la empujó con el filo de la navaja hasta formar una línea, se agachó y la aspiró.

Primero sintió una quemazón surcándole la fosa nasal, como un latigazo de fuego o un gusano alocado y a toda velocidad metiéndose hasta el fondo de su cabeza. Se sacudió la nariz, movió la cabeza en ambas direcciones, y por fin sonrió.

—Es buen material, hermanito —le dijo al gordo que todavía miraba con desconfianza a Walter.

Edgar desparramó un poco más de cocaína sobre la mesa e hizo lo suyo. Era buena. Sí, era muy buena. Pero no lo iba a decir. No quería excitar al chico.

—¿Qué crees? —la voz de William lo devolvió al *Rocky* del que la droga lo había liberado en una especie de viaje suave y sensual.

—¿Tienes más de esta?

—No ahora, pero esperamos recibir un cargamento en las próximas semanas.

—Entonces nos llamás cuando tengas.

Walter había esperado llegar a ese momento.

—No hay tiempo para eso. Sé dónde podemos conseguir un kilo más de eso ahora mismo.

—Y para eso necesitás las armas.

—Armas. Mano de obra.

Edgar cruzó las manos por encima de su panza.

—De nuevo te lo digo, no sé por qué deberíamos involucrarnos contigo.

Walter tomó un sorbo de la cerveza que tenía frente suyo. Había quedado intacta desde que se había sentado a la mesa con los hermanos Flores. Miró a su alrededor intentando parecer relajado, quería manejar el tiempo con tranquilidad, no mostrarse desesperado ante esos dos. Una prostituta nueva, con rastros de vejez prematura en la cara, había llegado y se había acomodado en el rincón donde todavía estaba la otra prostituta. Walter calculó que la nueva no debería tener más de diecinueve años. Todavía presumía de unas tetas proporcionadas y turgentes debajo de un escote que apenas era tapado por una campera de cuero artificial plagada de tachas de metal.

—Lindas chicas hay aquí. ¿Estas también las maneja el gordo que no puede parar de comer pizza de cebolla?

William se inclinó hacia adelante con una repentina expresión de precaución modificándole el rostro.

—Ah, no. Cierto que me dijo que él trabajaba en Palermo. —siguió Walter haciendo como que recordaba repentinamente algo —Entonces, ¿de quién son estas chicas? A ver —dijo dirigiéndose a la prostituta recién llegada —bonita, ven, acércate, no seas tan tímida.

William buscó el revolver en su cintura en su cintura, pero Edgar lo frenó sosteniéndole el pecho.

—Veamos qué hace el chico —dijo con serenidad.

La prostituta se acercó a la mesa con cierta timidez.

—Pero vamos, ven, siéntate —la invitó Walter.

La chica obedeció.

—¿Cómo te llamas preciosa?

—Gladys.

—Gladys. Lindo nombre. ¿Hace cuánto que has comenzado en este negocio? —se detuvo en ella. La chica parecía asustada. Quizás intimidada por el cuerpo enorme de Edgar. Walter pensó que no querría tener a esa mole humana montada encima suyo y sintió la tentación de largar una carcajada que reprimió justo a tiempo.

Pasó un dedo por los labios de la chica.

—Labios rojos.

—Color cereza —dijo despacio Gladys.

—Oye Gladys, ¿con quién estás? ¿quién te lleva? ¿quién te regentea?

La mujer levantó la mirada sorprendida y se detuvo en los ojos de Walter.

—¿Qué quieren? —preguntó con aspereza.

—Ayudar. ¿Te trata bien?

La mujer dudó unos segundos.

—No me quejo.

—Porque si quieres me lo cargo. Un tiro aquí y ya no molestará —indicó apoyando un dedo sobre su frente.

Gladys se levantó fastidiada.

—Su amigo está borracho. Creo que deberían llevárselo de aquí —se dio vuelta y volvió al rincón junto a la prostituta vieja.

Los tres hombres quedaron en silencio. Walter sonreía estúpidamente. Tomó otro sorbo de cerveza.

—¿Querés decirnos qué fue todo eso? —dijo fastidiado William.

—¿Eso? —Walter llevó la mano a una taza con maní salado, se la llenó y la embocó en el buche —nada. Sólo quería darle dramatismo a la escena.

—¿Eres idiota o qué? —dijo Edgar desinflándose de tensión —¿acaso sabés que las chicas de aquí trabajan para el Yaguareté? ¿Qué querías demostrar con todo eso?

La cara de Walter se convirtió en una enorme sonrisa. Había logrado el efecto que había estado buscando.

—Amigos, ahora que tengo su atención nuevamente, ¿van a escuchar mi propuesta?

***

La cumbia sonaba empalagosa en el aire; se esparcía remolona y estridente contagiando con su sonido los alrededores de la casucha fortificada donde tres personas se hacinaban alrededor de una mesa. La noche estaba en su momento más oscuro y el fin de semana ya se podía sentir en la alegría que se escuchaba entrechocando sus sonidos festivos en el aire, moviéndose por todos los pasillos de la villa en una cacofonía infernal.

En la puerta abierta de par en par un soldado se apoyaba contra el marco, semidormido y bien aferrado a su ametralladora UZI. Un cartel en letras rojas con perspectiva anaranjada decía "Remises Raúl". Un mapa decolorado de la ciudad de Buenos Aires estaba pegado en la pared del fondo, arriba de los tres hombres que parecían flotar en una nube de humo gris dulzón alrededor de la mesa pelada, que sólo mantenía dos libretas con respectivas biromes, una estatuilla de la virgen de Copacabana y un cartón de vino tinto Termidor a medio terminar.

Las luces delanteras de un automóvil que se desplazaba en sentido directo hacia allí desde el fondo de un largo camino de tierra, justo en el borde donde terminaba la villa y comenzaba la civilización despabilaron al soldado que se refregó los ojos, bostezó y se aferró fuerte a la ametralladora para sentir que recuperaba el control.

—¿Qué onda causa? —uno de los hombres que había estado adentro salió a respirar y le apoyó la mano en el hombro.

El otro se había terminado de despabilar.

—Ese auto, Rusvel.

—¿Qué tiene?

—¿Es uno de los nuestros? No llego a distinguirlo.

Rusvel no entendió la pregunta.

—A ver. Dejame comprobar. Ahí los veo a Florindo y Eleuterio. Rusvel soy yo y estoy aquí hablando contigo. Dos choferes y uno para tomar notas. Tú estás aquí. La noche ya está terminando, ¿te has quedado dormido o qué Oscarcito?

El soldado pasó el peso de su cuerpo a la otra pierna. Estaba nervioso. Era su primera misión en la puerta y el Samurai había confiado en él para defender la parada. La noche había sido tranquila. Se habían realizado cinco viajes hacia afuera, se había llevado la droga en los remises a fiestas elegantes en el barrio portuario y a otros destinos por donde la cocaína salía desde la cocina a tres manzanas de allí hacia su distribución por fuera del barrio. No había habido inconvenientes y el Samurai en la bondad de su triunfo y la paz de los cementerios que había seguido a la cocida a tiros de Chespirito había decretado una noche de drogas libres y fiesta en la villa. "Por la paz de nuestra comunidad," había comunicado en la paz acordada con la gente del paraguayo Ramírez.

Y ahora se acercaba ese automóvil extraño. El coche se movía solitario levantando polvo y a paso destartalado. A pocos metros de la puerta de la remisería, Oscarcito volvió a hacer presión con la mano que sostenía la ametralladora. Rusvel contemplaba la escena con indiferencia. El automóvil se detuvo por fin frente a la casilla. Era un viejo Falcon azul con raspones en su pintura. La puerta del conductor se abrió y luego la del acompañante. Dos hombres bajaron casi al mismo tiempo. Una bota texana se hundió en el fango arcilloso que se había formado luego de la lluvia del día anterior. Luego el resto del cuerpo apareció. Oscarcito vio una gigante masa humana agacharse para poder salir del auto y luego del lado del conductor un tipo flaco y desgarbado. En el auto quedó un tercer hombre.

El gordo buscó algo dentro del automóvil, lo sacó y se lo puso en la cabeza. Era una gorra. Los tipos eran policías.

—Buenas noches —se apresuró a saludar el tipo acercándose a Oscarcito y Rusvel.

Su acompañante se llevó un cigarrillo a la boca, lo encendió, y luego buscó dentro del auto del que sacó un rifle FAL. Avanzó unos pasos hasta quedar a un tranco de la espalda del gordo.

—¿Qué se le ofrece oficial? —dijo Rusvel con tranquilidad.

—Vinimos por la quinta.

Oscarcito estaba nervioso. Sentía las manos transpiradas.

—¿Qué quinta?

—Vamos, causa —dijo el gordo acercándose hasta quedar justo frente a los dos hombres— que es tarde y tenemos que volver a la séptima.

—¿La comisaría?

El otro policía se adelantó.

—¿Y dónde va a ser papu?

—Entonces tiene que haber un error. Ya hemos pagado la semana.

—¿Y cuándo fue eso?

—Anoche.

Los dos policías intercambiaron miradas y murmuraron algo en voz muy baja, imposible de discernir.

—No puede ser —dijo por fin el gordo.

—Claro que sí.

—Bueno, van a tener que pagar de nuevo —dijo fastidiado el flaco.

La UZI que sostenía Oscarcito se inclinó levemente hacia adelante en un movimiento que no pudo controlar. La volvió a esconder entre sus manos.

—A ver —dijo el policía gordo y apartó con un manotazo a Oscarcito que no se interpuso y a Rusvel que se plantó un poco más fuerte pero finalmente se desplazó dejando paso —ustedes —gritó a los dos hombres que habían quedado adentro de la remisería —me dicen acá que ya pagaron la quinta de esta semana. Pero el Comisario Tavani nos mandó a recaudar. ¿Qué hacemos?

Los hombres habían estado durmiendo sobre la mesa hasta hacía unos instantes y parecían no entender qué estaba pasando.

El otro policía entró detrás del gordo y se colocó en la puerta de la casilla. Oscarcito y Rusvel pasaron dentro y el segundo se acercó al policía.

—Oiga, oficial...

—Marzuck.

—Con todo respeto, tiene bastante cara de indio para llevar ese apellido.

El gordo lo fulminó con la mirada.

—Me encanta cargarme bolivianos de mierda como tú. Con este apellido y todo. Entonces, la platita y nos vamos todos a dormir contentos ¿qué tal te va eso?

Rusvel dudó. Era el encargado de la remisería esa noche. Sabía que el pago se había realizado la noche anterior pero el jefe de la parada había salido a festejar la tregua de las bandas.

—Esto, es que no hay pasta aquí. El jefe no me dejó dicho que iban a pasar.

—Pero qué clase de idiotas son ustedes? —dijo el policía apoyado todavía en el marco de la puerta.

El gordo se llevó la mano a la barbilla.

—No, no, no —dijo— esto no es lo que me gusta escuchar.

—Vamos a tener que volver con las manos vacías.

—Ya sabes cómo se pone el Comisario.

—¿Te refieres?

—No, no vamos a asustar a estos amigos.

—Es que realmente odia a los bolivianos el Comisario.

—¿Lo dices por aquel bolita que despellejó en el sótano de la comisaría?

Los hombres de la remisería se habían terminado despabilar y esas palabras los habían inquietado.

Oscarcito transpiraba. Sostenía firmemente la UZI. Tenía a su lado al policía flaco que apoyaba, casi con cariño, la punta del rifle FAL sobre su omóplato izquierdo.

—Vamos, amigos, no es necesario que esto llegue al Comisario —dijo Rusvel.

El oficial Marzuck miró la hora en el reloj de pared.

—¿Eso funciona?

—Sí.

—Son pasadas las cinco de la mañana. Realmente no me gustaría que esto se extienda.

—Nadie quiere.

Quedaron en silencio un instante. Sólo se oía ahora la cumbia que no había dejado de sonar estridente desde un discman conectado a unos parlantes blancos pequeños y rectangulares.

El oficial Marzuck se frotó las manos.

—¿Qué tienen?

Rusvel hizo una seña a uno de los tipos que estaban sentados alrededor de la mesa que se levantó pesadamente y se dirigió hasta el fondo de la habitación, se arrodilló al lado de un baúl, lo abrió y sacó varias bolsitas de cocaína.

Marzuck se acercó y las inspeccionó.

—¿Vos me viste cara de idiota? —dijo con frialdad.

—¿Qué? —preguntó Rusvel acercándose.

—¿Las rojas?

—¿Qué tienen?

—¿Nos quieren comprar con la que cocinan acá a dos cuadras?

—Yo no sé qué...

El policía que encañonaba a Oscarcito dijo a viva voz:

—No vinimos a jugar. La plata, la peruca o llamamos al Comisario Tavani.

Rusvel tragó saliva. El tipo arrodillado al lado del baúl buscó una respuesta en su rostro inexpresivo. El otro que había quedado en la mesa hizo un movimiento lento de su brazo hacia abajo de la mesa. Un disparo sonó en la noche. La 9 mm del oficial Marzuck echó una voluta de humo. La bala había sido disparada desde allí y se había incrustado en la mesa a escasos centímetros de la mano del boliviano que había intentado pasarse de listo y ahora estaba paralizado por el terror.

—¿Qué pasa? —dijo el oficial apretando una vez más la FAL contra Oscarcito— ¿se van a poner cariñosos?

Pasó la mano por adelante del otro y le sacó la UZI de un tirón.

—Dale la peruana —dijo por fin Rusvel, tragando una bola de saliva espesa, al tipo que todavía los miraba desde el piso al lado del baúl.

—¿Cuánto?

—Toda la que tengan —dijo Marzuck.

Rusvel hizo un asentimiento con la cabeza. Unos instantes después un ladrillo de cocaína se acomodaba sobre la mesa.

—Espero que con esto podamos olvidar toda esta situación, el Comisario Tavani está en la lista de la más alta estima para el Samurai Jack.

Marzuck metió toda la mercadería en una bolsa.

—El Comisario tiene buena voluntad, muchachos —dijo el policía— el problema es cuando se quieren pasar de vivos. Eso no le gusta. Y a nosotros tampoco, como se podrán imaginar.

El otro policía dijo:

—¿Estamos listos?

—Estamos.

Rusvel condujo a la puerta a Marzuck.

—Espero verlo pronto oficial.

—Callate.

—A este nos lo llevamos —dijo el otro policía picando con la punta de la FAL a Oscarcito.

Rusvel empalideció.

—¿Cómo?

—El Comisario pidió que se lo llevemos.

—¿A Oscarcito? —dijo Rusvel incrédulo.

—Sí. Vamos —lo picó una vez más el policía delgado y lo hizo caminar hacia el automóvil. El tercer hombre, el que había quedado dentro, abrió la puerta del acompañante y se corrió una posición para dejarle espacio para entrar.

Marzuck apoyó una mano en el hombro de Rusvel que miraba de reojo como su soldado se metía en el automóvil.

—Quedate tranquilo que está todo piola. El Comisario quiere hablar un rato con tu chico, nada más.

—Pero...

—Deberían cuidar más a su gente —dijo Marzuck— a tu chico lo vieron robando cerca de la estación.

—¡Autorizado por el Samurai! —dijo Rusvel inmediatamente.

—Bueno, dile al Samurai que se acabó eso de chorear a los turistas.

Volvió a paso tranquilo hacia el auto y se metió dentro.

—Vamos —dijo la voz del tercer hombre en el asiento trasero.

El automóvil arrancó y salió por el mismo camino de tierra por el que había llegado.

—Les dije que sería fácil —dijo Walter Ayala desde el asiento trasero.

—¿Y ahora nos dirás para qué nos hiciste subir a este chico?

Walter apuntaba a Oscarcito que todavía intentaba entender la situación. Sin dejar de apuntarle lo palpó en las piernas, el pecho y los sobacos. Encontró lo que buscaba.

—Conchesumadre, Edgar. ¿No pensaron en palpar a este imbécil antes de subirlo al carro?

—Oye, yo no pensaba tocarlo —dijo William a la defensiva.

Walter murmuró algo sin sentido.

—Da igual. Encontré lo que buscaba —dijo y subió la pistola que el soldado había estado guardando debajo del sobaco hasta hacía un instante. El sol estaba desperezándose y bajo un rayo oblicuo que entró por la ventanilla comprobó lo que ya suponía— esto era lo que buscaba.

Era una semiautomática Imbel M973 de 9 mm de origen brasilero.

—¿Te acuerdas de mí achorado hijo de mil putas?

Oscarcito sintió espesa la saliva.

—¿Tú?

—A mi me afanaste esta pistola.

—Oye, Walter, ¿qué es esto?

—Para el carro Edgar, vamos a bajar.

—¿Qué?

—Haz lo que digo conchetumadre —gritó Walter.

El automóvil se detuvo.

—Vamos, abajo —dijo Walter empujando a Oscarcito hacia afuera.

Estaban a unos doscientos metros de la remisería donde acaban de recuperar la mercadería y todavía podía verse, ahora ya reflejada por la luz del sol que había subido hacia lo alto del cielo de forma casi instantánea.

—De rodillas —lo apuró Walter a Oscarcito apuntándole a la cabeza.

El chico lloraba.

—Oye, causa, no hagas esto.

—No soy tu causa —le dijo Walter con frialdad.

Edgar Flores se bajó del auto y se acercó a la escena.

—¿Qué es esto?

—Lo que ves chochera, me lo voy a cargar a este conchesumadre.

—Esto no era lo que habíamos arreglado.

—Escucha a tu amigo —suplicó Oscarcito de rodillas entrechocando las palabras mientras lloraba.

Entonces Walter le disparó en la cabeza con su semiautomática recién recobrada. El estampido del disparo resonó en la mañana despertando a una bandada de pájaros que salió volando. La cumbia y los tiros que todavía se escuchaban provenientes de los festejos del interior mismo de la villa lo hicieron pasar desapercibidos.

El cuerpo de Oscarcito calló seco sobre el barro. Walter le pisoteó la cabeza para hundirla bien en el charco de agua marrón.

—Vamos —le dijo a Edgar Flores que chasqueó la lengua fastidiado— pronto se darán cuenta de todo.

—Otra vez lo mismo contigo —dijo el gordo metiéndose en el automóvil.

Anduvieron unos metros en silencio.

—¿Por qué fue eso? —dijo William— no es que el chico ese me importara...

—Porque así el Samurai Jack tendrá un motivo para volver a romper la tregua con el paraguayo Ramírez. No sólo tres de sus hombres le acaban de mejicanear la blanca sino que además le han matado a uno de sus soldaditos más frescos.

Siguieron unos metros más sin cruzar palabra.

—Y además, a ese tacracho se la tenía jurada. Y yo soy de cumplir mi palabra.

Capítulo 3

El Samurai

La tregua entre el Samurai Jack y el Paraguayo Ramírez no duró más que esa fatídica noche en la que Oscarcito encontró su fin.

El disparo de Walter Ayala despabiló nuevamente a Rusvel que había quedado confundido, como si lo que acababa de suceder resultara perfectamente factible, pero entonces cuando escuchó el estampido se asomó rápidamente fuera de la remisería y vio a la distancia un cuerpo acostado en el camino y a dos tipos volviendo a subirse al automóvil en el que acaban de irse. No tardó mucho en comprender lo que estaba sucediendo, se metió nuevamente a las apuradas en la casilla, zarandeó a uno de los otros dos que habían quedado, le pidió las llaves de un auto y le dijo que se comunicara lo antes posible con el Samurai, que lo hiciera ir hacia allí.

Salió a todo lo que pudo, buscó uno de los remises, le dio arranque y manejó hasta donde estaba el cuerpo de Oscarcito tiñendo con su sangre el agua podrida del charco donde lo habían hundido y siguió de largo sin detenerse, buscando el automóvil de los tipos que le habían robado la droga.

El camino era irregular y estrecho. Contaba con esa única ventaja: hasta que pudieran salir al asfalto. Si lograban salir, sus chances de alcanzarlos disminuirían. Aceleró todo lo que pudo y por fin divisó a unos doscientos metros el Falcon desvencijado.

Edgar Flores lo vio venir.

—Creo que ya nos descubrieron.

Walter se asomó a la ventanilla y lo vio. Ahí detrás de ellos, a una distancia considerable pero que le sería fácil de descontar, un Corsa rojo acechaba.

—Pásame el rifle —le dijo a William que obedeció y lo pasó por encima de su cabeza. Walter tomó el arma, sacó medio cuerpo por fuera de la ventanilla y apuntó a Rusvel que era apenas un punto lejano detrás del volante.

Disparó. El otro aceleró.

—Vamos Edgar, pisa con todo que se nos viene.

—Este cacharro no tiene mucho aguante —de todos modos pisó el acelerador y ganaron unos pasos de ventaja.

—Tenemos que salir del camino de la villa —dijo William.

—Dime algo que no sepa hermanito.

Walter apuntó, tenía ahora sí la cabeza de Rusvel en la mira, disparó mientras el auto pisaba un bache, el disparo salió hacia el aire y el rifle estuvo a punto de desprenderse de su mano.

—Allí está el final del camino de la villa —dijo por fin Edgar divisando la primera mancha de asfalto a unos metros.

El Corsa se adelantó. Rusvel asomó una mano con un revolver y disparó un tiro que rozó la mano de Walter que sintió como la bala lo quemaba.

Largó una carcajada.

—¡ESO ESTUVO CERCA CONCHETUMADRE! —gritó en dirección al auto que los perseguía.

Alcanzaron la calle. El día apenas estaba comenzando, pero el tráfico ya era un caos difícil de transitar.

—Vamos, escóndenos ahora por alguna calle lateral, sácanos de esto Edgarcito —dijo Walter y volvió a disparar con el FAL en dirección al Corsa. Alcanzó el espejo retrovisor del lado del conductor que voló en pedazos que cayeron en el camino. Alcanzaron el asfalto.

El Falcon empezó a cocear.

—Esto no servirá por mucho tiempo más.

—Allí, la curva —señaló William una calle que se abría al final de la avenida.

Edgar esquivó dos autos, se adelantó con lo que le quedaba de potencia al automóvil y pasó el semáforo que estaba clavado en luz roja, esquivó otro auto que venía en dirección contraria por la calle que cruzaba en perpendicular y se metió en el recoveco de la calle lateral que le había indicado su hermano.

Walter volvió a asomarse por la ventanilla y disparó el FAL apuntando a la altura de las ruedas del automóvil que acaban de pasar y que había quedado frenado en medio de la avenida tocando bocina. La cubierta estalló y el automóvil quedó inmovilizado en medio de la calle. Otros autos comenzaron a frenar bruscamente y en unos instantes se había formado un tapón infranqueable.

—Acelera.

El Falcon se metió por la callecita y siguió de largo hasta el cruce con las siguientes calles donde dobló a la izquierda y se perdió para Rusvel que había quedado atrapado en la repentina congestión que se había formado en la avenida.

***

Rusvel desanduvo el camino. Estaba muy molesto. Habían sido engañados como un par de principiantes. Cruzó el camino de tierra y se detuvo frente al cadáver de Oscarcito. Paró el automóvil, se bajó y caminó unos pasos hasta quedar al lado del cuerpo. Tremendo pelotudo había resultado el pibe. Un blando, un inexperto en una posición para lo que no había estado preparado. Se había hecho importante afanando a turistas recién bajados de los autobuses y había participado en un tiroteo donde habían bajado a un hombre del paraguayo. Pero con esa experiencia no se construye a un soldado. El Samurai lo había puesto de guardia esa noche porque se suponía que iba a ser tranquila por la tregua. No habría peligros. Pero había confiado demasiado en el Paraguayo Ramírez. Y el tipo los había cagado. Pateó el cuerpo inerte de Oscarcito como si esperara que reaccionara, que no estuviera muerto pese al manchón bordó que afloraba alrededor del agujero negro y viscoso que se abría en el centro del cráneo. El cuerpo se sacudió y volvió a su posición inicial. ¿Qué iba a hacer con eso?

Rusvel se pasó la mano por la frente, se secó el sudor y empezó a tirar de las piernas hasta sacarlo del charco, lo arrastró unos metros hasta dejarlo al lado del Corsa. Empujó hasta que quedó dado vuelta. La cara de Oscarcito era una máscara mortuoria húmeda por el agua estanca del charco donde había ido a parar, recubierta ahora de tierra y con una expresión tenebrosa que le daban la boca y los ojos abiertos.

Abrió una de las puertas traseras y con esfuerzo alzó desde las axilas el cuerpo hasta hacerlo subir al sillón donde lo desplegó todo a lo largo. Cerró la puerta y volvió a subirse al volante. Siguió el camino hasta la remisería y cuando llegó gritó que lo vinieran a "ayudar con el fiambre" pero nadie respondió. Se bajó del automóvil fastidiado.

—Oigan, manga de pelotudos, ¿no me escucharon? Tengo al pelotudo de Oscarcito ahí atrás y necesito que me ayuden a bajarlo...—dijo entrando fastidiado a la casilla. Adentro los otros dos que habían estado esa noche se encontraban arrinconados, y de pie, en el centro de la sala, el Samurai Jack rodeado de Quimey Rodríguez y el Cuervo Raúl con fusiles FAL a la vista.

Rusvel se detuvo en seco. El Samurai lo había visto venir y lo estaba esperando.

Evelio Santos. Se dejaba ver en pocas ocasiones. Y nadie le decía "Samurai" ni "Samurai Jack" en presencia. Podía entender por qué a ambas cosas. Tenía la cara deformada por los cortes que le habían hecho. Carecía de la oreja izquierda que le había sido rebanada de raíz y el resto de su rostro estaba atravesado por cicatrices negras y gruesas que le daban el aspecto de cables de baja tensión. Su cuero cabelludo estaba atravesado también por cicatrices que disimulaba llevando cabellos grasosos y enrulados, pero ningún esfuerzo por disimular las viejas heridas hubiera resultado eficaz.

—Rusvel —lo saludó el Samurai Jack con voz áspera.

—Jefecito, lo mandé a llamar, el Paraguayo Ramírez... —comenzó y se detuvo sintiendo que el aire se había espesado repentinamente.

El Samuari dio una vuelta alrededor del boliviano.

—Rusvel, Rusvel, Rusvel... ¿qué me traes en el remís?

Dio otra vuelta alrededor del boliviano que no se atrevía a responder.

—Te he hecho una pregunta. ¿Qué traes en el auto? ¿coca peruana de la rica? ¿platita transada?

—El cuerpo de Oscar Florencio.

—¿Oscarcito está muerto?

—Muerto.

—¿Quién lo mató?

—Unos tipos del paraguayo.

—Unos tipos del paraguayo —repitió el Samurai y se aproximó hasta donde estaban los otros dos arrinconados, siendo apuntados por el Cuervo Raúl y Quimey— supongo que Rusvel se refiere al Paraguayo Ramirez, ¿cierto? ¿y por qué lo mataron? ¿a ver ustedes?

—Para dejarle un mensaje —dijo Rusvel a espaldas del Samurai que se dio vuelta enseguida y apoyó un dedo en sus labios.

—Shhh, le estoy preguntando al Filipino Chen.

El aludido tragó saliva.

—Llegaron dos tipos vestidos de policía, nos dijeron que venían a cortar boleto.

—Y ustedes pagaron.

Simón Torres, el otro de los hombres arrinconados, el que le había entregado con sus propias manos la droga a Edgar Flores, asintió con debilidad.

—¿Cómo fue qué sucedió todo esto Rusvel? Creí que podía confiar en vos y tu gente para llevar adelante la remisería. Estábamos festejando la tregua y al mismo tiempo el paraguayo ese traicionero nos robó ¿cuánto?

—Se llevaron un kilo de la peruana —dijo Torres.

—¿Un kilo de la peruana? —se exaltó el Samurai— y para hacerlo más interesante se cargaron a uno de mis soldados.

—Esto es en venganza por lo de Chespirito —dijo Rusvel.

El Samurai lo miró con desprecio.

—Traeme la espada, Manteca —dijo alzando la voz y por la puerta atravesó Feliciano Díaz, "el Manteca", que llevaba su infaltable camisa hawaiana abierta en el pecho y cargaba una katana japonesa en las manos. Había estado esperando afuera de la casilla sin que nadie más se hubiera percatado de su guardia.

Le tendió la espada al Samurai que la desenvainó y vio relucir el filo ante la luz artificial de la lamparita de 60 Watts que pendía pelada sobre sus cabezas.

—¿Saben de dónde saqué esta?

Nadie respondió.

—Es del que me hizo estas deformaciones que tengo que llevar. Me encargué de que el muy hijo de puta pagara por haberme dejado así, invalidado. No puedo ser el capo de la villa sabiendo que hay uno suelto que me dejó deforme. Me pregunto, sí, cómo es que se usa este tipo de arma —dijo y entonces hizo un movimiento fugaz y la cabeza del Filipino Chen cayó desprendida a los pies del resto de su cuerpo que luego acompañó la caída. Una mancha de sangre se dibujó sobre el mapa gastado de la Ciudad de Buenos Aires y de la yugular seccionada comenzó a salir más y más sangre que mojó el piso en espasmos que acompañaron los últimos latidos del corazón ya sin vida.

Simón Torres se puso de rodillas y suplicó piedad. El Samurai se acercó hacia él, le apoyó el filo del sable sobre el hombro derecho, lo pasó luego al izquierdo y luego le tocó la cabeza. Una gota roja se deslizó por el filo y mojó la punta de su nariz.

—Por favor jefecito, se lo suplico por mi...—pero no pudo terminar de suplicar por nadie porque el Samurai Jack le atravesó el pecho con la katana. Engarzado el sable en el cuerpo, lo hizo girar como si estuviera intentando revolver una salsa espesa mientras el rostro de Chen se convertía en una mueca de incredulidad y dolor. De su boca se desprendió un coágulo oscuro y con una patada en su pecho el Samurai desenganchó la katana. El cadáver chocó con la pata de la mesa y luego se acostó en el piso.

El Samurai limpió la sangre del filo pasándolo por su remera y se dio vuelta para encarar a Rusvel.

—Oiga, jefe, no hace falta que me mate. Le puedo ser de mucha utilidad todavía.

Sintió como lo tomaban de los brazos. El Manteca de un lado y Quimey del otro lo aprisionaron y lo llevaron a empujones hasta la mesa.

—Se lo suplico, déjeme recuperar la droga.

El Samurai hizo un gesto y Quimey extendió el brazo derecho de Rusvel encima de la mesa. El boliviano se movía intentando zafarse pero era en vano.

—Yo los perseguí, estuve a un tris de alcanzarlos y traer de vuelta toda esa coca tan rica, la peruana —dijo Rusvel sintiendo que las palabras se le escapaban resbalosas de la boca sin que pudiera llegar a procesarlas.

—Ah, sí. Me trajiste el cadáver del Oscarcito. Muchas gracias —dijo el Samurai.

Entonces alzó el sable por encima de la cabeza y lo dejó caer con toda su furia.

Un grito espantoso se escuchó salir de la remisería y su eco se replicó por los pasillos de la villa despertando un escalofrío intenso en todos los oídos a los que llegó.

***

Walter vio venir a Quijada a su encuentro. El perro movía la cola excitado y el chico se puso en cuclillas para saludarlo con unas caricias en el cogote y el resto del cuerpo.

—Al fin se te ocurre aparecer —dijo Franklin asomándose por la puerta de entrada de la casilla que compartían los dos hombres y el animal.

—Loquito Bautista, ¿me has extrañado?

El otro refunfuñó y se metieron junto con Quijada dentro de la precaria construcción.

—¿Qué fue eso? Un día te levantas de tu colchón pulgoso para aparecer tres días más tarde.

Walter no respondió, se dirigió sin mediación hacia la hielera de Telgopor que usaban para mantener algunas bebidas frías. Extrajo una cerveza, la abrió y tomó un buen trago.

—Ahhh, necesitaba eso.

Franklin tomó la lata de sus manos y la colocó en la mesa.

—¡Oye!

—Ya basta. Esto ya no puede seguir así. Estamos aquí en medio de esta villa podrida, rodeados de una guerra que no nos pertenece, sin acceso a mercadería, yo me largo.

—Como quieras —dijo Walter zumbón— pero resulta que conseguí algo.

Abrió la mochila y se la acercó a su socio.

—¿Y eso qué?

—¿No la reconoces?

—¿Debería?

—Ay, Loco, es de la nuestra. La recuperé.

—¿La peruana? Tú eres el loco.

—Claro que no —dijo Walter—. Toma un poco. Yo tengo otros asuntos que atender. Ahí nos vidrios.

Le silbó al perro que lo siguió y salió de la casilla.

Respiró hondo y cerró los ojos. Quería sentir el sabor de su triunfo pero también detectar qué aire se respiraba en la villa desde su hazaña.

—¡Inca! —escuchó que le decían y abrió los ojos. Asensio Villagra estaba parado en la puerta de su rancho con un mate en la mano.

—¿Qué hay pe?

—Vení y tomate unos mates conmigo.

Walter dio unos pasos hasta donde lo esperaba su vecino. El perro lo siguió sin dejar de mover el rabo entusiasmado.

—¿Te enteraste? —disparó Villagra y chupó ruidosamente la bombilla del mate.

—¿De qué vecino?

—La tregua entre el Paraguayo Ramírez y el Samurai es historia. Esto es guerra abierta.

Le pasó el mate a Walter que lo aceptó.

—Gente del paraguayo. Le mejicanearon hace dos noches un cargamento al Samurai. Fueron vestidos de policía. Se cargaron al Oscarcito en la huida.

Walter bajó la cabeza para sonreír y terminó el mate que devolvió a Villagra.

—¡No digas!

—Se dice que el Samurai va a emprender una cacería. No va a quedar ni un sólo hombre de Ramírez de pie.

—Eso es si no cae él mismo.

—Bah, el Samurai sabe lo que hace —dijo Villagra y cebó otro mate.

—Quien sabe, quizás el otro se le planta y...

—¿Que se de vuelta la tortilla? No creo. El Samurai es tan hábil como cruel.

—Me gustaría conocerlo algún día.

—No, creo que no. ¿Sabés qué hizo con sus propios hombres a los que les robaron la mercadería?

—Supongo que les habrá pedido que la próxima vez que unos policías se les presenten no les den todo lo que tengan.

—¡Ja! No conocés al Samurai. Los mató.

—¿Los mató? ¿a sus propios hombres? —Walter le hizo un gesto ansioso para que le pasara el mate.

—A sus propios hombres. Los descuartizó.

Walter se quedó un instante inmóvil y luego largó una carcajada.

—Vamos Asensio, no jodas conmigo causa.

—Es cierto. El Filipino —dijo y se pasó el dedo por el cuello— le tocó el violín violón.

—Conchudo.

Villagra asintió con expresión seria. Walter no podía contenerse la risa. Ese Samurai iba a ser más fácil de limpiar de lo que había creído.

—Eso no es todo —siguió el otro — a Simón Torres dicen que le sacó los intestinos y lo ahorcó con ellos.

—Vamos, ¿me crees un caído del palto?

—Eso es lo que dicen por los pasillos, Walter —respondió el otro fastidiado— que le arrancó los chinchulines y se los ató al cuello y con eso tiró hasta que el pobre hombre murió.

—En todo caso no habrá muerto ahorcado por sus propio embutido, creo que si te sacan algo así del estómago, te mueres.

—Los que vieron lo que quedó dicen que era una masacre. Tuvieron que limpiar sangre y vísceras toda la tarde. Los Garmendia, una familia que vive a unas casillas de distancia de la remisería dicen que el olor a sangre no se fue en dos días enteros pese a toda la lavandina que tiraron.

Quijada se subió a la pierna de Walter que le acarició el cráneo de pelo áspero y pinchudo.

—De todos modos, ¿de dónde sale eso de Samurai Jack?

—¿No sabés?

—No.

—¡JA! Debés ser el único que no se conoce la historia del Samurai.

—Entonces cuéntamela y ya.

—Evelio Santos. Era un buen chico —dijo Asensio y se cebó un mate— el hijo de la Gorda Santos y un borrachín de bar que nunca más apareció. Hace cuatro años, cuando tenía unos dieciocho años el Evelio salió con Ramoncito, un compinche del barrio. Se dedicaban a pequeños robos, nada en la villa porque sabían que la villa no se toca. Es sagrada.

—Ya.

—La cuestión es que un día entraron a afanar en una casa muy de gente con mucha guita. Les habían pasado el dato de que iba a estar vacía. Y sí, entraron por el jardín, se metieron en la casa y estaba vacía. Se hicieron una fiesta tremenda de choreo. Metieron todo lo que encontraron en unas bolsas de basura: televisores, computadoras, de todo lo que te imagines. Lo que no sabían es que la casa estaba vacía a excepción del hijo mayor de la familia. Un pibe que era medio karateka, le gustaban las cosas marciales, todo eso. El pibe no se había ido con sus padres y en cambio había quedado en la casa durmiendo. Cuando empezó a escuchar unos ruidos en la planta baja se levantó, buscó uno de esos sables samuari que tenía porque practicaba artes marciales con eso y bajó con la espada desenvainada. Ahí los encontró al Evelio y al Ramoncito. Corrieron todo lo que pudieron. Al primero que agarró fue al Evelio. Le dio con la espada en el cuerpo y la cara, le cortó todo —dijo Asensio mientras con las manos hacía la mímica de la espada cortando en el aire —y el guachín se pudo terminar escapando en un enchastro de sangre. Perdió la oreja izquierda y todo. Pero la sacó barata en comparación a Ramoncito que viendo lo que pasaba con su amigo se quedó petrificado de miedo y perdió ventaja. Evelio se pudo desprender del ataque del pibe ese y corrió por el jardín hasta que pudo saltar la medianera. El Ramoncito perdió esa ventaja y cuando corrió hasta la pared ya fue demasiado tarde. Quedó literalmente entre la espada y la pared y el karateka ese lo atravesó en el pecho con la katana. Chau Ramoncito.

—Es de no creer.

Asensio chupó la bombilla.

—Pero sucedió. Lo que nadie supo que iba a pasar es que después de recuperarse de sus heridas el Evelio volvió a la casa y buscó venganza. Se juntó con varios de los que hoy son sus hombres. El Manteca Díaz, Quimey Rodríguez, fueron todos juntos, liquidaron a la familia. Los cocieron a tiros. Pero al karateka lo dejaron para lo último y fue el Evelio el que se encargó. Con el sable samurai con el que lo habían deformado le cortó la cabeza. Y después volvió a la villa. Ya por entonces le empezaron a decir Samurai. Lo de Samurai Jack es algo nuevo que le están diciendo. Creo que es por un dibujo animado que salió por la tele.

—Y entonces ese es el famoso Samurai.

—Así es.

Walter miró al cielo que estaba empezando a oscurecer.

—Ya cuñadito, entonces me parece que ya es hora de que me vaya. Mañana nos vemos —comenzó a despedirse Walter.

—Esperá, que todavía no te terminé de contar lo que pasó en la remisería. Resulta que había uno más ahí adentro. Estaba el Rusvel. Es un boliviano medio fulero que hace bastante tiempo que trabaja para el Samurai.

—¿A él también le pasó la chaira por el pescuezo?

—Algo así —dijo y estaba a punto de terminar la oración pero quedó con la boca abierta y en silencio.

—¿Qué?

El otro sacudió la cabeza en dirección al extremo izquierdo del pasillo estrecho de la villa. Por entre dos casillas enfrentadas avanzaban tres hombres. Dos de ellos escoltaban con fusiles FAL al tercero que iba unos pasos más adelante y tenía la mirada fija en el piso de tierra. Pasaron al lado de Walter y Asensio sin decir palabra pero imponiendo un hielo espectral a su paso. Entonces Walter lo vio, cuando ya los habían dejado atrás, en el reflejo dorado del metal deslucido, el hombre que llevaba la delantera y era custodiado por los otros dos llevaba un armatoste de metal curvo en lugar de su mano derecha.

Los tres hombres siguieron su paso por el pasillo y los dejaron atrás.

Walter interrogó sin palabras a su vecino.

—Eso te iba a contar Inca querido. Ese es el famoso Rusvel Condori.

—¿Qué le pasó?

—Rusvel "el cinco dedos" como le dicen ahora.

—¡No jodas!

—El Samurai lo dejó vivir pero le cortó la mano. Sí. Ahora anda con ese garfio por todos lados.

—Tenías razón que ese Samurai es un faite.

—No entiendo tu forma de hablar de indio peruano. Te queda bien que te digan Inca. Walter no respondió.

—Pero sí, es un tipo de cuidado el Samurai —dijo Asensio chupando sonoramente la bombilla de mate.

***

La parroquia del padre Bernardo llevaba casi veinte años enclavada en las afueras de la villa miseria. Era una construcción que había comenzado precaria como todo allí pero que con el tiempo y las redes políticas tejidas por el cura había logrado ampliarse y expandirse hacia el fondo tomando el terreno de una familia que había decidido volverse a Paraguay en

1998. Había sido un año particularmente fructuoso para la villa que se había llenado de nuevos vecinos que habían ido a reclamar terrenos y se habían asentado con sus familias.

El padre Bernardo había sido muy querido por esos años ya que había logrado contener espiritualmente a cientos de personas que de pronto habían comenzado a llenar sus misas en busca de refugio, comida y un sermón que los ayudara a continuar con sus vidas.

Era un hombre de unos cuarenta años, pero trabajar allí lo había ido desmejorando a fuerza de endurecerle el corazón y en los últimos años había comenzado a sentir que ya no tenía la misma fuerza de contención que hacía casi diez años. Ahora era distinto. La guerra entre el Samurai Jack y el Paraguayo Ramírez había recrudecido en la última semana luego de la esperanza de una tregua y prácticamente se la pasaba oficiando ceremonias fúnebres para los caídos en batalla. Ambos bandos recurrían a él y algo de eso le hacía creer que era el último eslabón para garantizar un mínimo de concordia que había puesto Dios en ese páramo de pobreza y muerte. Pero cada día lo sentía menos posible. Su cuerpo ya no era el mismo. Había perdido toda esperanza de que algún día alguien se ocupara de esos desamparados. Estaba Dios y estaba él y él tenía que ser ese nexo pero en tardes como esa sentía que quizás todo eso no era más que una gran confusión.

Entró en la capilla y encendió la luz. Llevaba botas de lluvia embarradas. Acaba de volver del entierro de José "Josele" Sosa. Apenas un muchacho. Diecisiete años y su cuerpo ya no era más que comida para los gusanos. Pensó en el alma del chico y esperó que Dios lo tuviera en su gloria pero sabía en el fondo que no había tal cosa para los criminales violentos como había sido Josele. Lo había conocido de niño, el hijo de José María Sosa y Nancy Acosta, una pareja de uruguayos que habían llegado a la Argentina en esa gran oleada migratoria de países limítrofes a principios de los 90s y que habían caído en la villa con el nene agarrado de la mano de su madre en el '95. Debía tener por entonces unos ocho años y ahora no era nada más que un recuerdo lejano y borroso. José María tampoco estaba, había desaparecido hacía años. Algunos decían que lo había chupado la policía por haber roto un trato. Otros que se había ido con una especie de princesa guaraní que llevaba tatuada en la nuca una flor de la pasionaria, la flor nacional del Paraguay. Con ella se habrían ido a vivir a Asunción. Pero esos eran rumores y nunca nadie había podido comprobarlos.

El padre Bernardo contempló un instante la capilla desierta. Estaba atardeciendo y esos recuerdos eran lo único que quedaba allí adentro como un eco fantasmal de otros tiempos. Al fondo, el altar, con una cruz con un cristo de yeso tamaño natural. Allí también había un pequeño orgullo. Las paredes estaban sucias, las sillas de plástico rotas, pero el Cristo seguía allí y eso le transmitía la fuerza que sentía que ya sólo ocupaba un lugar pequeño en su corazón. Una chispa incapaz de encender cualquier fuego de pasión del que antes le había dado el empuje necesario para continuar su misión pastoral, allí, lejos de Dios y de la Iglesia que lo ignoraba y desconfiaba de él como de todos los curas villeros.

Caminó hasta el altar, buscó debajo del atril y sacó una botella de whisky. Nadie sabía que la guardaba allí y a él mismo le generaba algún tipo de contradicción esconder la bebida desde el púlpito donde predicaba para una feligresía que iba cada vez menos a llenarse con la palabra de Dios y más a buscar una limosna.

Llevó la botella a sus labios y tomó un largo sorbo que le hizo cosquillas en la garganta. Bajó la botella, se pasó la manga de la sotana por la boca y guardó la bebida nuevamente debajo del atril. Cuando alzó la vista un espectro de luz entrando desde la puerta abierta de la capilla lo encandiló. Había unas figuras de sombras negras recortadas sobre la entrada. Se refregó los ojos, y enfocó la mirada. Parecían cuatro fieles extraviados. A uno de ellos, el más cortito de estatura, lo había visto alguna vez deambular por los pasillos de la villa. Parecía un recién llegado. Los otros tres que lo escoltaban a sus espaldas eran perfectos desconocidos.

—Hermanos —dijo con voz carrasposa— han concluido los servicios de hoy, deberán volver mañana domingo. La misa empieza a las siete y media.

Los extraños terminaron de entrar en la capilla y cerraron tras de sí la puerta.

—Pero padre Bernardo —se dirigió el pequeño— siempre quise una oportunidad de conocernos en persona. Verá, he venido de Cajamarca, ¿conoce? Es en el Perú. He viajado mucho tiempo, he estado viviendo en este país ya hace varios meses y en esta villa por lo menos uno de esos y nunca he tenido la ocasión de presentarme con usted.

El padre Bernardo no estaba para visitas, pero tampoco tenía la fuerza de voluntad de explicarles a esos extraños que había sido un día duro. Una imagen fotográfica pasó por su mente: el cajón de Josele hundiéndose en la tierra y el calor del sol rajante y húmedo, el sonido de los insectos como un coro de necrófilos. Los disparos al aire de la gente del Paraguayo Ramírez, los gritos exigiendo la pronta venganza, el vino de pésima calidad que habían derramado encima del féretro antes que cayeran las paladas de tierra, el llanto de Nancy Acosta, la madre, sosteniendo a sus otros hijos entre sus brazos. Había sido suficiente. Se dejó caer fundido en una silla de plástico de la primera fila.

Walter Ayala se acercó hacia el cura seguido por Franklin, Edgar y William Flores.

—Me dicen el Inca —se presentó extendiéndole la mano —pero me llamo Walter Ayala. También me puede decir "Wally" si gusta.

El Padre Bernardo tomó la mano que le daba Walter.

—Ellos son Edgar y William. Son mis amigos. Y Franklin, mi socio. Casi un hermano, diría.

El hombre los saludó con una seña cansada de la mano.

—Será un placer tenerlos mañana en la misa —dijo— Ahora, como ya les comenté, tuve un día muy duro y voy a darlo por concluido. Espero que no se ofendan —se puso de pie y se encaminó hasta la puerta de la casilla haciendo un gesto para que lo acompañaran afuera.

—¿Qué le pasa a este? —dijo William.

—Calma hermanito, parece que el Padre no sabe de modales.

—Ustedes déjenme hablar a mí —dijo Walter y dirigiéndose al hombre siguió—Padre, hemos venido aquí a esta hora porque tenemos un bisnes del que hablar.

—¿*Bisnes*?

—Negocio, ya sabe.

—No, no sé. Y no tengo ningún bisnes ni negocio que hablar con ustedes —dijo malhumorado —ahora por favor, si me dejan solo...

—¿Qué pasa con el curita? —se impacientó Edgar Flores— ¿sabe de parte de quién venimos?

—No me importa. El Paraguayo, el Samurai, ellos saben que esta es la casa de Dios, aquí adentro sus negocios no me incumben y no tienen lugar.

Walter largó una carcajada sonora.

—Claro que no importa. Porque no venimos de parte de ninguno de esos dos que están desangrando a la villa.

Franklin sacó un pucho, lo encendió y lo llevó a sus labios.

—Nada de fumar aquí adentro.

—Calma padre. ¿Sabe cómo me dicen a mí?

El otro no le respondió.

—El Loco. El Loco Bautista me dicen.

—¿Eso qué importancia tiene?

Franklin y Walter intercambiaron un murmullo.

—Todavía nadie sabe de nosotros, pero ya van a saber. No importa. Escuche padre —Walter abrazó al cura que se quiso apartar hacia atrás pero se dio cuenta que ya estaba rodeado por el brazo de Franklin que lo atrapaba desde el otro hombro —es muy simple lo que le vamos a pedir. Tenemos un producto. Muy bueno. Y vamos a tener más. Queremos vender.

El Padre Bernardo enrojeció de furia.

—¡Qué es este insulto! Desprecio a los transas como ustedes que envenenan a la gente, hunden en la miseria espiritual y material a los jóvenes y los descartan como si fueran basura. ¡Mírense ustedes mismos! ¿Qué edad tenés vos?

—No quiere colaborar —dijo Edgar Flores que estaba apoyado con expresión de aburrimiento contra una de las paredes precarias de la capilla.

—No. No quiere colaborar —concedió Franklin— mire, usted se queda con un treinta por ciento, ¿qué le parece? Nosotros nos encargamos de la venta, le vamos a traer un monaguillo para que se encargue. Los días de misa. Sólo le pedimos que mire al costado y deje trabajar a nuestro chico.

El Padre Bernardo se sacó los brazos de los hombros fastidiado.

—Es la última vez que lo digo —expresó con voz calma pero firme— váyanse de acá y no vuelvan más. Si me prometen que no voy a volver a verlos prometo que no hablo con la gente del Paraguayo ni del Samurai que seguro no van a estar contentos de saber que un par de peruanos roñosos les quieren robar el mercado en su propio territorio.

—Para ser cura es bastante atrevido —reflexionó William Flores que miraba la situación cruzado de brazos a unos metros de distancia.

—Fuera.

Los cuatro hombres salieron. Había anochecido y se escuchaban sonidos lejanos de una cumbia y la insistencia de los grillos.

—Eso no salió como esperábamos —dijo Edgar Flores.

— Claro que sí —dijo Walter— es exactamente como esperaba. ¿Estás contento Loquito? Ya probamos tu sugerencia de ir por las buenas, ahora dejen que me encargue yo.

***

Domingo Castro se despertó a las cuatro de la mañana como todos los días. Se levantó de la cama con pesadez sin importarle despertar a su mujer que de todos modos no se alteró y nunca recordaría las últimas horas con vida de su esposo.

El hombre dio unos pasos cansados hasta el baño y se vio al espejo. La misma musculosa blanca que venía usando hacía dos semanas, marcada de mugre, los shorts deportivos de Boca Juniors y las medias sucias con las que dormía todos los días, aunque hicieran cuarenta grados de calor. Se vio la cara: puntos de bello facial le salpicaban desprolijos la papada, las mejillas, y el bozo. Se pasó la mano y lo sintió áspero. Preparó espuma de afeitar y cumplió mecánicamente con el emprolijamiento facial. Se acomodó el pelo con un poco de agua, volvió al cuarto donde Raquel roncaba sonoramente, se puso el uniforme y volvió a la cocina donde se preparó un mate amargo.

Miró el reloj de pared. Eran las cinco menos cinco de la mañana. Le gustaba empezar antes que los demás, le gustaba estar solo en la calle, tener las veredas limpias mucho antes que Rubén, el portero del edificio de la esquina. Era un edificio de mayor categoría y si bien Rubén venía del mismo lugar de donde venía él, Domingo, el otro se sentía con cierto aire de superioridad como si trabajar ahí, con vecinos apenas más distinguidos o ricos que los que vivían en su edificio le confiriera esa misma distinción.

Rubén podía creer lo que quisiera, él tenía siempre la vereda limpia para las cinco y media como mucho y después a las seis cuando salían los otros porteros el sol del alba ya había borrado casi todo rastro de humedad. Era su pequeño, sencillo, orgullo y triunfo. Y lo mantenía a pesar de que le implicara despertarse una hora antes. De todos modos, no soportaba pasar mucho tiempo con Raquel, aún a pesar de que estuviera dormida. Su sola presencia, la necesidad de compartir el espacio, la posibilidad de que sus cuerpos se tocaran, —aunque fuera de casualidad le resultaba repugnante.

Terminó el mate, salió al pasillo, buscó la manguera y comenzó con tranquilidad a limpiar la vereda. Todavía era temprano y la noche estaba en su momento de mayor oscuridad. Esa fue la razón por la cual no llegó a ver las sombras que se movían en su dirección hasta que fue demasiado tarde.

—¿Te acuerdas de mí conchetumadre? —dijo una voz en la oscuridad.

El portero se sobresaltó y el chorro de agua que salía de la manguera dio un salto respingado que cayó sobre el asfalto vacío de la calle.

—¿Hola?

—Sí, te estoy hablando a ti, calichín, tú me echaste de aquí hace casi un año.

El portero aguzó la vista hasta distinguir la sombra que le hablaba; parecía apenas un chico, era bajito y moreno y podía jurar que nunca lo había visto en su vida. Lo acompañaba otro tipo, un poco más alto y que apenas había logrado distinguir en la sombra oscura por el movimiento de su respiración.

Eso olía a problemas. Se aferró a la manguera en su mano que ahora apuntaba hacia las baldosas de la vereda con una presión de agua mínima.

El tipo que no había hablado estaba atrás suyo y le tiró un manotazo a través del cuello y hacia el pecho. El portero estaba preparado para defenderse y con la manguera apuntó a Walter mojándolo de arriba abajo. El peruano gritó enojado. Franklin corrió la mano con la que había intentado manotear al hombre desde atrás como si hubiera sentido una patada eléctrica y el portero se dio media vuelta de un giro. Comenzó a darle golpes con la manguera de hule como si fuera un látigo.

—¿Qué mierda estás haciendo Loco? —gritó Walter que todavía intentaba reaccionar.

El portero siguió golpeando hasta hacerlo arrodillarse y luego acurrucarse contra la pared del edificio.

Walter se avalanzó sobre el portero intentando tomarlo por las axilas pero el hombre estaba también preparado para eso.

—Hijos de puta, ¡rajan de acá antes que los cague matando! —dijo y cargó a manguerazos ahora contra Walter que recibió el castigo sin sorpresa, porque ya había visto lo que le había pasado a Franklin, pero sí con un dolor que no había esperado.

Retrocedió.

—¿Qué le pasa a este cocho?

El portero siguió acorralándolo a manguerazos y Walter retrocedió con pequeños saltos hacia atrás.

El sol estaba despuntando y en cualquier momento la calle se llenaría de los primeros oficinistas rumbo a sus trabajos.

—Ya basta de esta estupidez.

El portero hizo girar la manguera como si se trataran de unas boleadoras.

—¡Se van de acá! —gritó envalentonado, creyendo que ya los tenía a su merced.

Franklin se puso de pie con dificultad. El portero lo encaró y amagó con darle un manguerazo. Walter intentó acercarse y fue espantado por un rebencazo en medio de la cara. Era un tipo ágil, preparado para el esfuerzo de la mañana, algo que esos dos malandras evidentemente no.

—¿Querés más hijo de puta? ¿Querés que te vuele los dientes de un manguerazo?

Franklin se tiró sobre el tipo haciéndolo caer al piso. Rodaron juntos un metro. Walter se paró al lado del tipo y apoyó contra su parietal derecho un calibre .38

—Creo que ya llegó la hora de dejar de jugar —dijo serio.

El portero quedó inmóvil y exhausto, en el piso, al lado de Franklin que también respiraba agitadamente.

—De pie.

Franklin se paró y tironeó de la camisa al encargado que primero se sentó sobre la vereda y luego ayudado por el otro terminó de enderezarse.

Apenas lo tuvo frente suyo Walter le metió un culatazo de revolver que volvió a arrojar al piso al hombre que cayó desplomado e inconsciente.

— ¿Qué hiciste? ¡Recién que lo habíamos levantado!

—Cállate loquito y ayúdame a llevarlo hasta la caña.

Franklin suspiró fastidiado.

—¿Cómo pensabas llevarlo?

Lo tomaron entre ambos por los sobacos y lo cargaron hasta el automóvil donde lo acostaron en el asiento trasero. Entonces lo llevaron hasta la villa.

***

—¿Era necesario todo esto?

—Cállate.

—En serio, podíamos haberle metido un tiro allí mismo y ya.

—Te dije que te callaras Loco.

—Es que...

—Que te calles. Claro que es necesario hacerlo así.

—Un tiro para él, un tiro para el curita. No nos complicábamos con esta ridiculez y el resultado iba a ser el mismo.

—No entiendes nada.

Edgar Flores terminó de ajustar la cuerda que sostenía a Domingo Castro amarrado a la cruz de tamaño natural al final de la parroquia del Padre Bernardo. Su hermano William comprobó que tuviera bien ajustada la cinta en la boca. El encargado de edificio todavía no había recuperado la consciencia, pero las palabras empezaban a llegarle como reflejos pálidos de ideas que se introducían sigilosamente en su cerebro adormecido.

—¿Ahora? —preguntó Edgar.

Walter miró a su alrededor.

—¿A qué hora debería llegar el Padre?

Franklin consultó su reloj.

—En veinte minutos si nos guiamos por su costumbre. Aunque los últimos días estuvo algo remolón.

—Entonces no hay tiempo que perder. Salgan. Quiero mi momento con él.

Franklin hizo un gesto de asentimiento y los demás lo siguieron afuera de la parroquia.

Walter quedó solo con el portero que lo había humillado meses atrás apenas había llegado a la ciudad.

Se acercó al hombre amarrado a la cruz y le golpeó con delicadeza una mejilla.

—Cocho, cochito, despierta. Quiero despedirme de ti.

El hombre sintió la caricia del cachetazo sutil que le había dado Walter y comenzó a abrir los ojos adormilados.

Intentó decir algo pero sólo salieron gruñidos de palabras aprisionadas.

—Así me gusta. ¿Sabes por qué te traje hasta aquí?

—Mfffhhhfhfhf

—Sí, claro. ¿Ahora me recuerdas?

El hombre siguió refunfuñando. Walter alzó la mirada como buscando escapar del hastío.

—¿Quieres callarte y concentrarte en verme?

El hombre volvió a intentar hablar, los ojos se le salían de las órbitas y el cuello primero y luego el resto de su rostro fueron poniéndose colorados.

Walter sacó una navaja del bolsillo de su pantalón y apoyó el filo contra el cuello del hombre.

—A ver si te callas. Sólo mírame y dime si me reconoces.

Una gota de transpiración fría recorrió el rostro del portero desde el comienzo del cuero cabelludo y hasta su pecho pasando por la cara y el cuello.

Contempló a Walter un instante. Luego sacudió la cabeza negativamente.

—Vuelve a mirarme.

El portero cumplió el pedido y volvió a negar.

Walter perdió la compostura.

—¡Es una lástima! —gritó— eso no te va a salvar. Yo sí te recuerdo. Me echaste agua cuando llegué a esta ciudad, me obligaste a salir de la entrada del edificio en el que trabajas como si te perteneciera, como si fueras tú mismo uno de esos ricachones jugadores de golf que viven allí y para quien no eres más que estiércol. Me viste sangrando, sin dinero, sin un lugar donde ir y con tu agua me espantaste como a una rata para que fuera a perturbar a otro lado y no ensuciara algo que ni siquiera es tuyo.

El hombre intentó gritar algo, pero el trapo en la boca volvió a impedirle articular un sonido reconocible.

***

La villa ardía. El fuego se había expandido alrededor de la parroquia del padre Bernardo y ya abarcaba varias casillas de los alrededores. Los vecinos corrían por los pasillos llevando baldes de agua repletos y hasta Walter, Franklin y los hermanos Flores colaboraban con la larga fila de pasamanos de baldes de agua que se había armado para ir llevando con rapidez el agua a donde se la necesitaba.

Walter no podía evitar una sonrisa dibujada en su rostro.

—Disimula —le dijo Franklin mientras le pasaba un balde rebosante que pasó rápido por las manos del peruano hacia las del vecino Asensio que lo pasó a su vez a otro vecino.

—¿Qué dices causa? ¿esto cómo termina? ¿acaso quedaremos todos como carbón?

Asensio se detuvo un instante para pasarse la mano por la frente y secarse el sudor.

—Se dice que el Samurai salió de la villa.

—¿Y con eso qué?

—Que si es así debe haber ido a pedir ayuda a la policía.

—Lo que necesitamos aquí es bomberos —intervino Franklin pasando un nuevo balde que le había pasado Edgar Flores.

—Justamente, si salió a hablar con los polis es para garantizar libre paso a los bomberos, que no les va a pasar nada.

—¿Y le van a creer?

Asensio emitió una carcajada ronca.

—El Samurai Jack y el Comisario Tavani son socios, Walter. A ninguno de los dos les conviene que se queme la villa. Porque si se quema la villa, y se queman los laboratorios, los puntos de venta, se acaba el negocio para todos.

—¿Y qué hay del Paraguayo Ramírez? —preguntó Franklin.

—Esa es la gran pregunta. Supongo que él no verá con malos ojos que se queme la región norte de la villa, justo el territorio de su enemigo.

—No va a hacer nada —dijo Walter con seguridad.

—¿Cómo sabés?

—Lo sospecho porque creo que es una persona inteligente. No habría podido llegar hasta donde está de otro modo.

El balde pasó nuevamente por los brazos de William Flores a los de Edgar Flores de estos a los de Franklin, Walter, Asensio y siguió su camino.

—La columna de humo parece menos densa —dijo Walter.

Asensio alzó la vista. Se estaba disipando. Ya no salía una espesura negra y tóxica sino apenas un olor a madera quemada. Y a carne achicharrada.

—Al final, parece que alguien sí va a terminar como un carbón —dijo.

—Ya lo creo —afirmó Walter con tranquilidad.

Una sirena lejana comenzó a sonar.

—Ahí está —dijo satisfecho Asensio.

La sirena se acercaba cada segundo más y pronto la adivinaron dentro de la villa.

—La parroquia, dicen que es donde se inició el fuego. Está al borde la villa. Eso debería bastar para que puedan hacer llegar el agua.

—Entonces vayamos a ver —dijo Walter apoyando el balde lleno en el piso. Le chifló a Quijada que ajeno ajetreo descansaba en el interior de la casilla y respondió poniéndose de pie y moviendo el rabo efusivamente.

La banda se movió con cautela entre la gente que también comenzaba a acercarse a la zona del desastre. El camión de bomberos había quedado por fuera de la villa, justo en el límite y unos bomberos custodiados por hombres del Samurai que cargaban sin pudor y a plena luz del día rifles FAL trabajaban con notable nerviosismo sobre el siniestro que ya no era más que una nube espesa de humo grisáceo levantándose por entre las paredes ennegrecidas de lo que quedaba de la parroquia del Padre Bernardo.

La masa de gente curiosa que se congregaba alrededor se iba incrementando a cada minuto. El fuego parecía controlado. Había consumido casi toda la parroquia y parte de una casa vecina. Un bombero recibió una orden y tomando un hacha de mano partió la madera casi completamente carbonizada de la puerta de entrada de la parroquia. Se adentró y pareció como si hubiera sido consumido por la oscuridad durante unos tensos minutos de silencio. Walter clavó la mirada expectante en ese punto y esperó a que volviera a aparecer. El hombre salió con aspecto pálido y se apoyó contra una de las paredes que todavía quedaban en pie. Su cuerpo se arqueó y vomitó.

—Hay alguien ahí. Un tipo —llegó a decir.

—Vamos a entrar —dijo otro.

Entonces la marea de curiosos comenzó a abrirse como si se tratara del mar rojo ante el paso de Moisés. Custodiado por Rusvel "El cinco dedos" Condori y El Cuervo Raúl venía Evelio Santos.

—Déjennos a nosotros —dijo. Hubo un murmullo en la multitud que fue inmediatamente apaciguado cuando el hombre hizo un gesto alzando la mano al aire.

Era la primera vez que Walter podía ver a su enemigo en persona. Las horribles cicatrices que le cruzaban el rostro eran más impresionantes de lo que había esperado. Se concentró en él, en su oreja izquierda deformada, como si hubiera sido recortada por una tijera de bordes desafilados, sus manos también cruzadas por rajaduras que nunca desaparecerían. Era un monstruo. Había quedado como un monstruo. Y estaba convencido de que esa monstruosidad le servía para actuar como tal. Era parte del miedo que infundía en la gente de la villa que lo contemplaba con una mezcla de admiración y temor mientras pasaba a su lado.

Cuando los hombres pasaron al lado suyo bajó la cabeza, lo que menos necesitaba era que lo reconociera Rusvel. Había otras dos personas frente suyo y esa era toda la distancia entre el Samurai y sus guardaespaldas y él. Un haz de luz refulgió en el garfio que llevaba ahora El cinco dedos en el lugar donde debía ir su mano; le entró en los ojos. Walter pestañeó y supo que ya lo habían dejado atrás cuando la luz dejó de molestarlo. Quijada en cambio estaba nervioso y gruñó.

—Shh, perro tonto —lo retó con fastidio pero el animal siguió gruñendo hasta que el Samurai estuvo a varios metros de distancia.

Los tres hombres entraron en lo que quedaba de la capilla.

Estuvieron dentro un tiempo que se fue extendiendo por varios tensos minutos. El silencio a su alrededor era absoluto. La gente que se había agolpado a esa especie de ceremonia siniestra mantenía una tensa calma expectante.

Walter se fijó en sus compañeros que mantenían la misma expresión de expectativa que el resto de los asistentes.

Entonces por fin asomó desde dentro de los restos de la capilla la cabeza del Cinco Dedos a lo que siguió el resto de su cuerpo y tras él apareció El Cuervo Raúl y por fin el Samurai que llevaba en sus brazos el cuerpo carbonizado del portero Domingo Castro. Había quedado completamente irreconocible, apenas parecía un carbón grasoso, derretido y chamuscado.

El Samurai apoyó con delicadeza calculada el cadáver en el piso y la multitud lanzó una exclamación de sorpresa.

—Este pobre hombre ha sido asesinado. Aquí. En la villa. Mi villa. —dijo en voz lo suficientemente alta como para que todos allí pudieran escucharlo fuerte y claro.

Se alzó un murmullo generalizado mientras el Samurai y sus guardaespaldas seguían inmóviles en el centro de la escena, plantados como estatuas severas, echando miradas a todos lados, recriminando acaso lo sucedido.

Entonces un grito desgarrado cortó la escena. Las miradas giraron hacia la izquierda desde donde se alzó otro grito desgarrado más fuerte aún que fue seguido por un llanto. El Samurai se encaminó a paso firme hacia el lugar del que provenían las lamentaciones: la casilla lindera de la parroquia. Más bien lo que de ella había quedado porque el fuego había arrasado completamente con la construcción. El segundo piso se había derrumbado en un montón de escombros. Un bombero intentó adelantarse, pero fue detenido por el Samurai que lo apartó colocándole una mano en el pecho para que se detuviera. Él iba a ser el primero en ver de qué se trataba eso.

—Don Evelio —lloriqueaba una mujer, — mire lo que me han hecho. —El llanto ahora era intenso y provenía de una mujer arrodillada frente a los escombros de la casilla. Sostenía la cabeza de un cuerpo en el piso. Había sido aplastado en el derrumbe.

El Samurai se adelantó y tras él la multitud formó una hilera desprolija que pronto lo rodeó cuando estuvo frente al cuerpo. Walter se escabulló entre la gente hasta adquirir una posición privilegiada para ver la escena.

El Samurai se arrodilló junto a la mujer que lloraba sosteniendo todavía la cabeza sangrante de un muchacho.

—El Pescadito —dijo casi para sí. Abrazó a la mujer que lloró en sus hombros y mientras la sostenía hizo una seña a sus guardaespaldas para que se encargaran de ella. Los hombres la tomaron de los brazos y la ayudaron a levantarse. La llevaron a un costado. La mujer apenas podía caminar.

El Samurai contempló unos instantes más el cuerpo sin vida del Pescadito y se puso de pie muy lentamente. Miró a la multitud, examinó los rostros de esa gente que se había acercado a saber qué había sucedido. La policía y los bomberos se habían quedado varios metros detrás de la multitud, como si todo eso no tuviera la menor relevancia para ellos. "Lo que sucede en la villa se queda en la villa" era una frase que le gustaba repetir al Comisario Tavani.

Entonces volvió a hablar el Samurai.

—Este cuerpo que tengo a mis pies, aplastado, muerto, es el del Pescadito González. Todos aquí lo conocieron. Era un chico querido por todos. Recordaremos sus travesuras, su inocencia y su injusta muerte. Esto mis amigos ha sido otra miserable muestra de la falta de respeto por todo lo que amamos, todo lo que es bueno, todo lo que queremos los villeros. Y esto, todo esto, es culpa de una sola persona. Que nadie tenga dudas. Nadie es capaz de semejante barbarie como el Paraguayo Ramírez. Y sepan, todos ustedes, que esto ya ha llegado demasiado lejos y que personalmente me encargaré de barrer de nuestra villa a ese delincuente que envenena a nuestros hijos y hermanos con su droga, nos mata en incendios intencionales, destruye la capilla del Padre Bernardo querido por todos. ¡Esto tiene que parar! —gritó.

Y entonces la multitud gritó con él que sí, que era hora de terminar con el Paraguayo Ramírez.

***

El Samurai hizo un gesto y El Cinco Dedos se arrimó. Le susurró algo al oído.

—¡Vamos a darle ahora mismo lo que se merece al Paraguayo Ramírez y lo vamos a echar de una vez por todas de nuestra villa! —gritó a la multitud que lo vitoreó. Entonces hizo un gesto casi imperceptible y detrás suyo Walter pudo sentir como la policía comenzaba a agruparse con intención de dejar libre la zona.

La mano grandota y pesada de Edgar Flores se posó sobre su hombro.

—Hora de irnos —le susurró al oído.

—¡Justo ahora que se va a poner divertido!

La gente comenzó a buscar cascotes, fierros retorcidos que habían quedado del derrumbe, mientras que los hombres del Samurai disparaban al aire. Pronto hubo una masa humana enfurecida lista para ir a linchar al Paraguayo. Walter lo vio en la expresión de satisfacción del Samurai. Entonces junto con el resto de la banda se esfumaron por un camino lateral hasta llegar a su casilla.

En tanto por los pasillos de la villa la masa se desplazaba corriendo, haciendo chocar los caños, fierros y palos contra todo lo que encontraban a su paso, disparando al aire. Se escucharon tiros y gritos.

Franklin se había acostado en el colchón roñoso que ocupaba Walter y miraba la tele como si habitara otra realidad lejos de la convulsión.

Walter daba vueltas intranquilo por la pequeña construcción que estaba saturada con la presencia de los hermanos Flores.

—Yo esto no lo soporto —dijo— quiero ser parte.

—Cállate —le dijo Edgar Flores.

Pero al peruano no le gustaba que le dieran órdenes y entonces sin hacer caso tomó su Imbel de 9 mm, comprobó que estuviera cargada y salió.

William Flores se levantó de la silla con intención de tomarlo del cuello y volverlo a meter dentro, pero Franklin, sin levantar la vista de la tele, le dijo que lo dejara ir.

—Si el muy idiota quiere morir, déjalo. Ya no podemos estar cuidándolo todo el tiempo.

Walter no dijo nada, pero agradeció las palabras. Salió de la casilla. La villa estaba sumida en una especie de guerra civil. Se escuchaban gritos, disparos, el ruido de metal al ser golpeado, llantos de niños. Con la pistola en la mano, a la altura de la cintura, Walter caminó en dirección al sur donde tenía su territorio el Paraguayo Ramírez. Se desplazó sigilosamente en medio del caos que le ofreció la posibilidad que buscaba de no ser reconocido por nadie. Los pasillos de la villa serpenteaban en caminos de barro y sangre, cuerpos amontonados, basura y heridos agonizantes. De pronto todo se había convertido en una carnicería impensada. No había pensado que podría llegar a suceder, pero le excitaba pensar la posibilidad de que esa misma tarde terminaran muertos el Samurai y el Paraguayo.

Un grito agudo lo despabiló. Corrió por el pasillo hasta la desembocadura en una cuadrado de tierra desocupado que solía servir de cancha de fútbol improvisada con un par de prendas de ropa abolladas a modo de delimitación de los arcos. La batalla era campal. A mano limpia se trenzaban dos hombres encuerados, rajados en transpiración y mugre mientras que una mujer que reconoció de haber visto hacía unos instantes entre la multitud congregada en la capilla corría a un adolescente con un caño roto de punta afilada. Unos perros se habían sumado a la batalla y ladraban y perseguían enloquecidos, yendo de uno a otro, a un grupo de otros seis hombres y mujeres que se peleaban con lo que habían logrado conseguir: trozos de tablas con puntas de clavos, palos, botellas vacías. La gente del Paraguayo debía haberse visto sorprendida por la turba y eso los había hecho perder territorio.

Walter se arrimó de cuclillas contra el vértice de una construcción a medio terminar con ladrillo hueco gris a la vista y observó con delicia lo que sus acciones habían terminado desencadenando.

Observó en silencio la situación. Ahora podía distinguir en medio de la pelea a Pepino, el hombre del Paraguayo que había coordinado el levantamiento del cadáver de Chespirito. Corriendo desde un pasillo lateral vio entrar al Manteca. Traía su camisa hawaiana totalmente desabotonada y una pistola en la mano. Se paró en seco, levantó la pistola y comenzó a disparar en la dirección de Pepino que esquivó las balas y corrió hacia el interior de la villa por otro pasillo. El Manteca lo corrió y Walter escuchó varios gritos más. En tanto en el cuadrilátero improvisado las primeras sangres ya manchaban la tierra como si se tratara de un circo romano.

—¡¿Dónde está el Paraguayo?! —escuchó un grito que se aproximaba— ¡¿Dónde?!

El Samurai Jack apareció solitario por el camino del que había salido El Manteca. Llevaba su katana empapada de sangre que goteaba perpendicular hacia el suelo y su cara arañada de latigazos completamente desbocada, los ojos prácticamente fuera de sus órbitas y los labios sanguíneos con los dientes torcidos que sobresaltaban de su furia.

Se movió por el escenario de la pelea como si estuviese solo, dando sablazos a todos los que se interponían en su camino sin importarle para qué bando estaban peleando.

Walter lo tuvo frente suyo, el Samurai dándole la espalda. Se acomodó para tenerlo perfectamente bajo la mira, subió la pistola y apuntó directo a la cabeza marcada por las cicatrices que bajo el sol del mediodía habían quedado de una tonalidad morada brillante. Acarició el gatillo y disparó; en ese mismo instante sintió como alguien lo empujaba desde su espalda, abrazándolo en un tacle que lo arrojó al piso. El disparo salió desviado y rozó el hombro del Samurai.

Walter se incorporó rápidamente. El hombre que lo había hecho rodar por el piso no era tan hábil como él y le sacó una primera ventaja. Lo miró a la cara, era Josele, uno de los hombres del Paraguayo. ¿Acaso se había dado cuenta que acababa de salvarle la vida al Samurai? No tenía tiempo de hacerse esos cuestionamientos. Tomó la pistola y corrió. El Samurai sintió una punzada en el brazo, se llevó un dedo al exacto sitio del ardor y sintió la sangre. Se dio vuelta y vio la escena: la espalda de un chico corriendo y a Josele en el lugar donde había estado Walter. No le hizo falta atar cabos para entender de dónde había salido el disparo que lo había rozado. De un salto y con un grito espantoso atravesó el pecho del hombre del Paraguayo Ramírez con su katana terminando en el instante con la vida de su salvador involuntario.

Walter no se detuvo para mirar hacia atrás. Sólo corrió.

***

El rumor que se corrió ese mismo día más tarde fue que el Paraguayo se había escapado por poco de la emboscada de la turba furiosa y que el Samurai se había tenido que conformar con haber matado casi accidentalmente sólo a Josele. Pero había tenido pérdidas en su propio campo. El Cabeza de Papa había caído en una emboscada mientras corría a Pepino: lo habían cosido a tiros en uno de esos callejones sin salida que terminaban en un alto paredón donde paraban los transas del Paraguayo. Algunos vecinos que lo habían acompañado en su raid de venganza también habían sufrido golpes, lastimaduras y tres de ellos habían tenido que ser hospitalizados. El Samurai no había sabido medir bien las consecuencias de mover a la gente de abajo en su plan de venganza; el golpe vendría. Tarde quizás, pero algún día iba a llegar. Walter confiaba en eso.

Los rumores y lo que se comentaba en los pasillos de la villa le habían llegado por parte de Asensio, como siempre, a la mañana siguiente.

Los siguientes días se estiraron aburridos y sin novedades. El Paraguayo parecía haberse esfumado de la faz de la Tierra pero se sospechaba que su silencio, su ausencia así como la de sus colaboradores más estrechos, sólo presagiaba una inminente revancha sorpresa contra el Samurai que terminaría con más sangre manchando los caminos de tierra de la villa.

Entretanto, la parroquia del Padre Bernardo se encontró reconstruida de la noche a la mañana. El primero en notarlo fue Jorgito, un cartonero que comenzaba su día de recorrida por el barrio de los ricos que rodeaba a la villa a las seis de la mañana. Una luz que provenía del edificio derruido le llamó la atención en medio de la oscuridad de la noche, mientras acomodaba a Berta, una yegua raquítica a su carro. Entonces vio que dentro de la precaria construcción había gente trabajando. Entendió que debían ser buscadores de chatarra que desafiando el cerco invisible que se daba por impuesto por parte del Samurai sobre los restos habían entrado buscando hacerse de cualquier cosa de provecho que hubiera quedado luego del incendio. Salió con su carro y trabajó revolviendo la basura de la clase alta hasta entrada la tarde cuando el sol había vuelto a empinarse y comenzado su descenso. Cuando reingresó en la villa silbando una melodía que no recordaba del todo bien se encontró con un gran tumulto rodeando los restos de la parroquia. Curioso, ató a Berta a un poste y se dispuso a curiosear, metiéndose entre la gente que tapaba la fachada del edificio.

Allí parado, sonriente, se encontraba un tipo flaco, con la cara picada, rodeado de un moreno gordo enorme y otro parecido y también otro tipo que se había cruzado alguna vez por los pasillos. Los cuatro se agrupaban en semicírculo alrededor de un pastor nuevo. La parroquia, ahora reconvertida en templo, estaba completamente reconstruida.

—No hace mucho más de un año que llegamos a la villa —dijo Franklin Bautista con voz segura —y hemos presenciado hace pocas semanas un hecho que nos llenó de tristeza: la destrucción de la capilla del Padre Bernardo que también acabó con su vida. Con mis socios entonces hemos decidido que podíamos hacer algo por esta comunidad que nos ha recibido tan bien y como conocíamos a un pastor, hemos decidido reconstruir este espacio de oración para la comunidad.

Los vecinos que los rodeaban soltaron exclamaciones de sorpresa y alguno también una expresión de incredulidad.

—Será un placer poder servir a la comunidad desde la Iglesia del Mesías Revivido —dijo candoroso César Guzmán —queda abierto a partir de este mismo momento el espacio de oración y arrepentimiento, este templo para ustedes, y también sepan vecinos que será un lugar donde los pobres serán recibidos y amados.

Jorgito contemplaba la escena con una mezcla de incredulidad y desconfianza. ¿Quiénes eran esos para imponerse así en medio de la villa?

Un rumor comenzó a esparcirse rápidamente entre los vecinos en una cadena de palabras que se desplazaron de la boca de unos a los oídos de otros: el Samurai Jack estaba llegando.

Como en un séquito bien protegido apareció el jefe. Al frente, abriendo el camino, sosteniendo un mini-UZI iba El Manteca. Lo acompañaban a sus espaldas El Cinco Dedos y Quimey Rodríguez, ambos portando fusiles FAL. En el centro, como si se tratara de un general de un ejército de la antigüedad, iba el Samurai con su katana ajustada a la cintura.

—¿Qué es todo este quilombo? —interrumpió El Manteca.

Todas las cabezas voltearon hacia los recién llegados y un murmullo se elevó en el aire pero fue cortado inmediatamente con un gesto de mano alzada del Samurai. El capo se adelantó y su cerco de guardaespaldas le dejó paso.

Caminó ceremonialmente, con aire de superioridad, alrededor de Walter, el Loco, los hermanos Flores a quienes ignoró hasta detenerse frente al pastor Guzmán.

—¿Padre?

—Pastor.

—Disculpará mi vocabulario, pero ¿quién mierda sos y de dónde saliste?

Walter se llevó la mano atrás de la cintura buscando la Imbel pero Franklin lo detuvo con la mirada. Se adelantó.

—¿Samurai?

El capo levantó la vista.

—¿Sos el Samurai? Por fin nos conocemos —le dijo extendiéndole la mano. El otro no se la tomó. Se dio media vuelta y encaró al Manteca.

—¿Quiénes son estos payasos?

—Una gente que llegó hace un año más o menos. Les dimos una casilla en el barrio de los chinos.

—¿Por qué nunca supe nada de ellos?

El Samurai parecía tenso, no le gustaba que nada escapase a su estricto conocimiento y control.

—Te hablé de esta gente. Se han portado bien. Nunca estuvieron en nada.

El capo dio una vuelta solemne alrededor del grupo y se detuvo frente a Walter que lo miraba desafiante.

—No estarán con el Paraguayo Ramírez ustedes, ¿no?

—No.

Las miradas de ambos hombres se tensaron en una un mismo punto, desafiante, atrevido, Walter estaba ansioso de sacar su pistola y terminar ahí mismo con el capo de la villa.

Franklin se interpuso entre ambos cortando el cruce de miradas.

—No tenemos nada que ver con el Paraguayo. Somos gente humilde, de trabajo. Lo único que queremos es devolverle a la villa algo de lo que el incendio se llevó.

—Algo de lo que el incendio y la muerte del Pescadito y del Padre Bernardo se llevaron querés decir.

—Exacto.

El Samurai hizo como que no había escuchado esto último y dio unos pasos sobre el barro hasta donde seguía parado el pastor César Guzmán.

Tanteó la katana en su cintura. Dudaba. Algo de todo eso no le gustaba. Asió el mango del sable. Walter volvió a llevarse la mano atrás de la cintura en busca de la culata de su pistola.

—Está bien —dijo por fin el Samurai —pueden quedarse. La villa necesita un nuevo templo y ustedes lo pusieron de pie.

Franklin suspiró aliviado.

—Te vas a quedar con las ganas, Inca —le dijo al oído a Walter que lo miró con desprecio.

El Samurai y su séquito comenzaron a irse y los vecinos retomaron la conversación animada. El nuevo templo los había sorprendido, habían desconfiado de pero ahora que el Samurai le había dado el visto bueno se sentían gratificados y aliviados.

—Eso sí —alzó la voz una vez más el Samurai Jack deteniéndose de espaldas a la gente y ya rodeado por sus guardaespaldas —cuídense. No querrán que les pase lo que le pasó al Padre Bernardo y el Pescadito.

Dicho esto, siguió su camino y se perdió con sus guardaespaldas en los pasillos de la villa.

***

El templo del Mesías Revivido comenzó a recibir a los vecinos esa misma tarde. En principio fue más una cuestión de curiosidad, de ver cómo había sido remodelado el edificio, cómo había sido puesto nuevamente en pie más que una cuestión de fe o de búsqueda de consuelo religioso. Y de hecho el edificio era bastante parecido a la antigua parroquia del Padre Bernardo: todavía se veían manchones negros de carbonizado en el techo y las paredes. Los de las paredes habían sido disimulados con unos cuadros llamativos de ancianos con aspecto sabio. El pastor César se encargaba personalmente de recibir a los recién llegados y explicarles brevemente la razón de ser de esos santos peculiares.

—Esta es una Iglesia distinta —decía— estamos más cerca de la gente y también más cerca de Dios.

Pero sus palabras eran apenas un trasfondo de poca importancia para los que habían entrado a conocer el lugar.

Walter miraba acodado en un rincón.

—¿Cuándo empezamos? —le preguntó Franklin acercándose inquieto al chico.

—Hoy mismo Loquito. Hoy mismo.

El Loco sonrió.

—Pero yo no voy a ser el que reparta esta vez.

—¿Y quién entonces?

— Te voy a presentar a alguien. Vení, Ángel.

Un adolescente con pinta de lelo que estaba mezclado entre la modesta multitud que se amontonaba entre las estrechas cuatro paredes de la parroquia se acercó a los dos.

—Loquito, te presento a Ángel Quispe. Le dicen el Tómbola. Tómbola, él es mi socio, Franklin Bautista.

El tipo se acomodó los mocos con el reverso de la mano y luego se la extendió al Loco Bautista que la recibió con cierto desagrado.

—A su servicio señor.

—¿Vos sabés de qué se trata esto Tómbola?

—Sí señor, me lo comentó el Walter.

Franklin le dedicó una última mirada suspicaz.

—Está bien. Andá.

El chico se pasó nuevamente la mano por la nariz y se dio vuelta.

—¿Estás seguro que este pibe…?

—No está con el Paraguayo ni con el Samurai. Sabe tirar a matar. Es medio tonto, pero tiene sangre fría. Se suele juntar con otros calichines pero estará bien. Tiene sed de progreso.

A Franklin no lo convencía el asunto, pero tampoco quería discutir con el muchacho. Para bien o para mal se había logrado ganar su respeto. No le gustaba la forma que tenía el peruano de trabajar. Era desprolijo y algo vago, pero también recio, pragmático y sus apuestas habían salido bien hasta entonces. Llevar a ese pastor que lo había ayudado cuando recién había llegado a la ciudad también hablaba de sus virtudes: un hombre que no olvida quién le había extendido la mano merecía respeto. En cambio, los que habían intentado hundirlo ahora estaban muertos.

El negocio, durante las primeras semanas, se encaminó. El Tómbola se hacía pasar por un asistente del pastor Guzmán que pasaba una canasta para las limosnas entre los fieles y recaudaba. Llevaba dos canastas: una para los que se acercaban por el servicio y otra para los que iban a comprar la rica cocaína que se supo enseguida que se vendía ahí. El chico los identificaba enseguida: un adicto es difícil de confundir. A esos les ofrecía la otra canasta, la que llevaba con la mano izquierda. Los compradores metían la mano para dejar el dinero y en ese instante el Tómbola deslizaba un paquetito de color rosa que era tomado por el cliente. Una transacción simple, a luz del día y en las narices del Samurai.

Las reservas del robo al Samurai se estaban terminando y el Loco Bautista esperaba ansioso la llegada del primer envío directo desde Perú.

—Hace más de un año que tenemos la operación funcionando al mínimo y ya sabes cómo es el brasilero.

Walter miraba la TV acostado sobre el colchón mugriento.

—Estarás feliz entonces. ¿Por qué no mandas a los hermanos Flores a recibir a la mula?

—Era lo que pensaba hacer.

—Bien.

—¿Qué te pasa Inca? Te noto desconcentrado.

Walter se puso de pie de golpe. Se acercó hasta Franklin, lo tomó de las mejillas y lo sacudió.

—Socio —le dijo y lo soltó.

El otro lo miró desconcertado.

—¿Qué has estado fumando?

Walter no dijo nada, se acercó a la mesa y tomó una botella de Coca-Cola vacía que ahora contenía un agua apenas turbia. Tomó un trago.

—Es cuestión de tiempo para que el Samurai descubra la operación.

—¿Acaso no sigue ocupado en planificar la venganza contra el Paraguayo?

Entonces sonaron tiros en la villa.

Los dos hombres cruzaron una mirada.

Se escucharon gritos y más disparos. Walter corrió a tomar su pistola y el Loco Bautista hizo lo propio. Ambos salieron hasta la puerta del rancho sosteniendo sus armas listas.

Asensio Villagra apareció corriendo y se detuvo junto a ellos. Le costaba respirar por la agitación.

—El Samurai —dijo y tragó aire.

—¿Qué hay con él?

—El Paraguayo.

—Este hombre no puede hablar.

Asensio respiró hondo.

—El Paraguayo volvió a aparecer en la villa. Lo encontró El Cuervo Raúl. Lo tiene el Samurai ahora.

—¿Y los tiros fueron eso?

—Se agarraron con lo que quedaba de la banda del Paragua. El Samurai convocó a toda la villa al campito de fútbol. Esto no puede ser bueno.

Walter y Franklin siguieron al trote a Asensio que guio el camino. Era media tarde: el sol se posaba abrasivo sobre las chapas de las casillas y se reflejaba oblicuo sobre la tierra y los cuerpos de los vecinos que corrían en dirección al campito de fútbol.

Vieron a un policía aburrido parado de espaldas en el pasillo que desembocaba a la arena seca del centro de la cancha de fútbol, ahí donde el pasto había sido arrasado en innumerables partidos.

En el centro de la cancha estaba Rusvel que hablaba con el Comisario Tavani. Los dos hombres intercambiaron unas palabras, Rusvel sacudió su garfio en una gesticulación exagerada y por fin el policía se dio media vuelta, hizo un chiflido y salió junto con el otro policía que había estado guardando el espacio.

—Están liberando la zona —dijo Asensio.

Lograron un espacio en un rincón, cerca de uno de los arcos. Prácticamente todos los vecinos de la villa estaban ahí y de los pasillos comenzaron a llegar soldados del Samurai cargando fusiles FAL, UZIs y también AK-47 controlando que el público se dispusiera alrededor y que no quedara nadie sin ver el espectáculo.

Un helicóptero sobrevolaba la zona, pero sin acercarse al centro de la cancha de fútbol. Walter vio llegar al pastor Guzmán y al Tómbola que parecía confundido y supo que ellos también habían sido invitados gentilmente a asistir por parte de la gente del Samurai. Algo no le gustaba de toda esa situación. El Samurai gustaba de lo espectacular, de hacer ese tipo de demostraciones de poder públicas, eso ya lo sabía pero esta situación debía ser distinta. Este era el momento del triunfo del Samurai y Walter no tenía interés en verlo.

El capo de la villa entró a paso seguro por el sendero principal que desembocaba en el campito de fútbol, pasando alrededor de un túnel compuesto por sus soldados a ambos lados del pasillo, todos armados con armas de guerra y el torso descubierto.

El Samurai llevaba unos pantalones blancos ajustados y una capa violeta atada al cuello. Por el resto se encontraba descalzo y de torso desnudo, sólo su larga katana sobresalía llamativa de su cintura y se extendía por detrás de su figura delgada. Las marcas en su rostro parecían brillar especialmente esa tarde.

Se paró en el centro exacto de la cancha que alguien debía haber marcado con cal esa misma tarde. Su cuerpo erecto, rígido, una sonrisa maligna en los labios. Las trescientas almas que se habían ido amontonando alrededor suyo se callaron repentinamente como si hubieran sido privadas del don de hablar.

Entonces se escucharon quejas, insultos en guaraní y el sonido de golpes secos y fulminantes. Las miradas se dirigieron al pasillo por donde había llegado el Samurai y ahí, arrastrándose, con la cara sangrante, un pie desnudo y el otro con una zapatilla rota, unos jeans zaparrastrosos y una remera blanca llena de tierra y sangre, apareció el Paraguayo Ramírez. Detrás suyo el Manteca Díaz lo hostigaba dándole golpes con una caña de bambú, obligándolo a arrastrarse. El Paraguayo tenía un aspecto lamentable y se movía como un animal herido ante la mirada de la gente y las risotadas de los soldados del Samurai que le pegaban con las culatas de sus fusiles ante su paso.

El Manteca lo tomó del brazo y lo arrastró hasta donde lo esperaba el Samurai en el centro de la cancha de fútbol. Ahí donde el Paraguayo Ramírez había instituido el centro de su poder; la cancha de los paraguayos donde él y su gente habían dominado y decidido los asuntos de la villa hasta su caída ante el Samurai. Ahí mismo era donde ahora estaba, pero de rodillas y ante su enemigo.

Quimey Rodriguez apareció por el pasillo principal con aspecto solemne y caminando con el cuerpo erguido.

—¿Lleva una almohada? —preguntó incrédulo Walter.

Franklin lo miró. Así parecía. Un almohadón rojo de felpa gastado descansaba en las manos extendidas de Quimey. Arriba del almohadón, unos laureles entrelazados.

Se detuvo frente al Samurai y alzando el almohadón con los laureles los mostró al público que se expresó con un murmullo asombrado.

Entonces el Cuervo Raúl se adelantó y tomó la corona de laureles, la exhibió triunfal una vez más, y la colocó sobre la cabeza tapizada de cicatrices del Samurai.

La escena era de un tipo de actuación infantil y vulgar pero toda la villa entendió en ese momento el significado de esa coronación. El murmullo asombrado volvió a circular entre los espectadores intensificándose hasta convertirse en un indisimulable clamor. El Samurai alzó los brazos y la vista al cielo con teatralidad y los sacudió como si estuviera recibiendo una energía divina directo desde allí arriba. Bajó lentamente su mano derecha hasta la *tsuka*, el mango de la katana, e hizo tamborilear sus dedos sobre ella hasta que se aferró de pronto a ella y la desenvainó. El reflejo de un rayo de luz sobre el acero enceguació un segundo a Franklin que se llevó los dedos a los ojos. Cuando volvió a ver el Samurai Jack sostenía el sable al lado de su cuerpo y tocaba con la punta el cuero cabelludo del derrotado Paraguayo Ramírez.

—Este hombre que ven aquí —empezó a hablar a voz en cuello el Samurai— Ramón "El Paraguayo" Ramírez como se lo conoce, ha sido el responsable de la muerte del Pescadito González. Y no sólo de la de él, una pobre criatura que ninguna culpa tenía de las discusiones de los mayores, sino de otros hombres y mujeres, vecinos de esta villa que es nuestro hogar. Nunca olvidemos que este es nuestro hogar...

El Paraguayo Ramírez escupió a los pies del Samurai. La flema salió manchada de sangre.

—Terminá con esta payasada hijo de puta. Ni yo ni mi gente tuvo nada que ver con lo del Pescadito.

—¿Ah no? ¡Encima lo niega! ¡Niega haber provocado el incendio que le costó la vida al cura de la villa y al Pescadito!

Una silbatina se alzó desde los costados. La gente estaba enojada.

—Sí, sí, esto es lo que conseguís —le dijo el Samurai para que sólo lo pudiera escuchar el Paraguayo, de rodillas delante suyo —¿esto es lo que querías hijo de puta?

El Paraguayo quiso volver a escupir sangre pero apenas pudo lograr un hilo de baba blancuzco que se deslizó por sus labios hasta su mentón para quedarse colgando, flotando en el aire.

—Desafió el orden de la villa. Envenenó a sus hijos con basura. Mató al Pescadito. ¡Y todavía se declara inocente! —dijo el Samurai para arengar a su público que enloqueció de furia. Una piedra impactó en el cuerpo del Paraguayo y después otra y otras más hasta convertirse en una lluvia. La gente estaba arrojándole todo lo que encontraba a su disposición.

El Samurai levantó los brazos y los mantuvo horizontales a la altura de sus hombros.

—Paren, paren. El castigo será propinado. Claro que sí. Pero no es este el modo.

El Paraguayo seguía arrodillado, había perdido toda capacidad de reacción.

—Ramón "Paraguayo" Ramírez, se te acusa de asesinato, violación, venta de porquería entre los vecinos de la villa, traición y deshonra. Por gente como vos es que la villa tiene un mal nombre.

—Callate hijo de puta —dijo el Paraguayo pero el Samurai lo ignoró.

—Por todo esto de lo que has sido encontrado culpable te sentencio yo, Evelio Santos, a morir bajo la espada. Y que todos sepan mi nombre, que todos sepan que fui yo el que te condenó y el que te mató.

El Paraguayo se preparaba para responder pero entonces el Samurai en un instante fugaz, con un movimiento imperceptible y desplegando otro haz de luz que se desplazó a toda velocidad atravesó al Paraguayo en el pecho creando una apertura por la derecha y atravesándole el resto del estómago hacia la izquierda como si se tratase de papel de arroz que se abría con delicadeza. Antes de terminar con su pecho, había vuelto la katana hacia el centro y luego la había desplazado verticalmente hacia el esternón. La carne y la piel se habían desprendido como se abre una rosa cuando florece y la cara del Paraguayo expresaba la sorpresa y el dolor de todavía seguir con vida. Fue perdiendo color y llevó sus manos a las heridas abiertas. La katana salió de su pecho en un movimiento delicado. El saco intestinal del Paraguayo se desplazó por fuera de su pecho y comenzó a caer mientras la víctima intentaba asir las vísceras desesperado, sabiendo que no había nada que hacer pero incapaz de otra reacción.

Entonces el Samurai volvió a subir la katana, buscó el cuello del hombre que sostenía sus tripas entre los dedos y ejecutó un golpe seco que hizo rodar la cabeza del Paraguayo

Ramírez sobre la tierra de la canchita de los paraguayos, regando con su sangre el lugar desde donde alguna vez había iniciado su camino al poder máximo en la villa.

—Acá hay un nuevo Jefe —dijo por fin el Samurai limpiando a mano limpia el filo de la katana.

Capítulo 4

Puente del Inca

El Paraguayo Ramírez y sus lugartenientes estaban muertos. Algunos de sus soldados rasos habían sido amnistiados a cambio de pasarse a la banda del Samurai y los que no, se habían exiliado en otras villas lejos del alcance de su katana. Ahora había un solo jefe y con ese cambio, cierta tranquilidad se había apropiado de la villa. Los vecinos que no se habían involucrado en la guerra agradecieron el cambio y la certeza de que ya no habría tiroteos sorpresivos en medio de la noche. Pero muchos otros se mostraban desconfiados. El teatro barato de la coronación del Samuari Jack y la ejecución del Paraguayo habían impresionado a los adolescentes y a los débiles de espíritu pero no habían logrado conmover a buena parte del público de esa tarde.

—Este Samurai se pasa un poco —dijo Asensio mientras cebaba un mate.

Walter se apoyaba lacónico en un tronco de madera que delimitaba torpemente parte del límite de la casilla que todavía ocupaba con Franklin. El negocio estaba yendo bien, ya era hora de ir pensando en ampliar las facilidades.

—¿Qué te pasa bacán?

—Es cierto. El Paraguayo Ramírez no era querido en la villa, pero no merecía ese final.

—Bien muerto está y listo entonces.

El otro chupó la bombilla.

—No sé a quién quiso impresionar ese Samurai.

Pero Walter sí sabía a quién había querido impresionar: a los tipos como él. A los que le iban a disputar el poder. Pero había sido blando. Más allá del espectáculo, le había propinado una muerte rápida al Paraguayo. Impresionante incluso. ¿Quién podía tener el lujo de morir en medio de un espectáculo? Al menos no al portero que se le había hecho el faite cuando él menos tenía y por eso había pagado.

Walter se despidió del vecino y entró a la casilla. Encendió un porro, exhaló el humo y se tiró en el colchón. Eso también estaba para cambiar, pero ya había amoldado su cuerpo a la gomaespuma vencida y de todos modos estaba acostumbrado a dormir en cualquier lado. Recordó su vida en el monte, en Cajamarca, los encargos que había hecho para Don António. Extrañaba un poco el vértigo de su vida como sicario y ahora estaba en otro lado, rodeado de otra gente y otros problemas.

Franklin entró en la casilla. Estaba exultante y lo acompañaba William Flores, venían conversando a los gritos.

—... y nos largamos de aquí de una vez —dijo el Loco.

—Sí, jefe.

Walter los miraba desde el piso.

—¿Qué dices, Inca?

—¿A dónde nos largaremos?

—El negocio se está moviendo —dijo Franklin que fue a buscar una cerveza en la heladerita —ya es hora de ir pensando en una expansión.

El humo de la marihuana se movía pegajoso por el ambiente.

—¿Y entrar en guerra con el Samurai?

—¿Por qué dices eso?

—Porque si empezamos a comerle el negocio se va a dar cuenta.

—Si seguimos así también se va a dar cuenta de que estamos vendiendo sin su permiso —intervino William.

Los tres hombres quedaron en silencio.

—¿Tenemos gente?

—Podemos reclutar.

—Están todos los críos babeándose con el Samurai ahora.

—Tiene razón Walter. He visto a algunos chicos de la villa llevando espadas de madera como si fueran katanas.

—Y los adolescentes también se le han unido.

—Con mi hermano conocemos alguna gente que podría estar interesada —dijo William.

Nuevamente se produjo un tenso silencio.

—Ampliar el negocio. —repitió Franklin.

A Walter le interesaba la idea y sabía que iba a tener que estar preparado para el día en el que el Samurai los viniera a buscar, pero no había pensado todavía la mejor forma de deshacerse de él ahora que estaba en la cúspide de su poder. Mientras se había enfrentado al Paraguayo Ramírez había podido estar tranquilo, después de todo se mataban entre ellos. Ahora el asunto estaba más espeso.

Desde afuera escucharon una voz conocida preguntando por Walter Ayala. El Inca se puso de pie inmediatamente. Franklin buscó la pistola en la cintura.

—Ni lo sueñes causa —le dijo Walter y salió corriendo de la casilla.

Ahí estaba Natalí. Habían pasado casi un año y medio desde la última vez que la había visto.

—Has engordado.

—¿Así me recibís?

—Pero ¿qué? Si estás bien despachada ahora.

La chica no entendió lo que le estaba diciendo.

—Que estás voluptuosa ahora, linda.

Natalí bajó los ojos al piso.

—Esperaba algo...

—¿Qué?

—Algo distinto.

Walter escupió a un costado en el suelo.

—¿Qué haces aquí?

Franklin asomó por la puerta.

—¿Qué se trae esta? Pensé que habíamos quedado que no ibas a volver a verla.

—No me vengas con eso Loquito —dijo Walter sin mirarlo. Ahora clavaba los ojos en la chica— está bien, vamos a algún otro lado. La villa no es el lugar para una chica como vos.

Le tendió la mano. Natalí la tomó con resquemor, como si tuviese miedo a quemarse. Luego la agarró firme. Walter buscó un porro en el bolsillo, se lo colocó en la boca y con la misma mano encendió un encendedor y arrimó la llama al cigarro.

—Vamos —dijo entre dientes.

Caminaron juntos por los pasillos de la villa. Walter se desplazaba con comodidad por esos vericuetos que hacía un tiempo le habían resultado un misterio hostil. Saludó a los vecinos con simpatía.

—No te tenía tan buenazo.

—Cállate.

Salieron de la villa.

—¿A dónde vamos?

—¿Qué tal McDonald's?

—No. Desde esa vez que no volví a ir a uno.

—Claro, esas hamburguesas que te hicieron desmayarte.

Natalí sonrió.

—Hay una parrilla por aquí cerca.

Caminaron juntos. El clima estaba pegajoso y húmedo. Natalí empezó a sentir como la cara se le llenaba de perlas transparentes de transpiración. Walter estaba seco como si contara con un regulador de temperatura debajo de la piel.

Entraron en la parrilla de Johnny. Era un lugar inmundo y sucio y más de una vez había recibido quejas por las cucarachas que eran las únicas comensales cotidianas que no pagaban lo que consumían.

—Romántico —murmuró Natalí.

—Esta es la villa. No sé qué esperabas.

La chica suspiró resignada.

—¿Por qué viniste a buscarme?

—Porque pasó mucho tiempo desde...

—¿Y?

—Y que necesitaba saber.

—¿Qué?

—¿Qué fue de vos? ¿Te buscan por lo que hiciste?

Walter largó una risa congestionada que hizo que casi se atragantara.

—Claro que no.

Un mozo malhumorado y aburrido se acercó a la mesa. Tenía un delantal manchado con vino tinto y masticaba un mondadientes grasoso.

—¿Qué tal Inca?

—Aquí, con mi amiga Natalí, como me ves Germán.

El tipo fingió que le interesaba.

—¿Qué van a comer?

—Bifecitos. Para los dos.

—Sale.

El mozo se dio media vuelta, se pasó una servilleta por el hombro y los dejó solos.

—No me preguntaste.

—¿Acaso crees que hay muchas opciones para elegir?

La chica tenía la mirada perdida.

—Estoy trabajando junto a Edgar Flores, ¿sabías?

—No...

—Y su hermano, William. Estamos haciendo mucha pasta.

—Bien.

Walter se movió incómodo en la silla.

—¿Qué sucede?

El mozo les acercó una bandeja metálica con unos trozos de carne resecos y con grandes bordes de grasa.

—¿Si estás ganando plata por qué no salís de aquí?

—A su tiempo —dijo él y se mandó un bocado de carne.

Ella jugaba con el tenedor indecisa acerca de comer su plato.

—¿Para eso viniste? ¿Para pedirme que me saliera?

—Estuve viviendo en el interior. Trabajando de lo que pude. Trabajé limpiando casas. En un puesto de comidas en la calle.

—Todos hacemos lo que podemos.

—Quise volver. Un día pensé: "Voy a buscar a Walter. No lo llegué a conocer mucho, pero parecía un buen muchacho."

Walter tragó un vaso de coca.

—¿Cómo me encontraste?

—Fui preguntando por algunos lados. Fue fácil.

—¿Fácil?

—Herminia, ¿te acordás de la dueña de la pensión donde paraban? Me costó hacerla hablar. Apenas los mencioné la vieja se escandalizó. Se acuerda bien de esa tarde. Con tal de no tener que hablar más del asunto me dijo que lo único que sabía era que se habían venido a la villa. Y cuando llegué a las puertas no fueron difíciles de encontrar. Les dije que eran un peruano joven y un loco.

—Y te indicaron cómo llegar a lo del Loco Bautista.

La chica asintió con la cabeza.

—¿Qué quieres conmigo?

—Walter... vos me gustás.

El chico no esperaba esa respuesta. En algún sentido sabía que Natalí y él habían tenido un amor no trunco, pero en ese tiempo que había pasado él no se había interesado demasiado en ninguna mujer más que para pasar un rato de diversión. Las chicas de la villa eran fáciles de llevar a la cama si se les cantaba una cumbia bonita en algún baile. Sólo había que tener cuidado de no meterse con ninguna que fuera de la gente del Samurai o de otro dueño.

Terminaron de comer y salieron a caminar por el parque bajo el sol.

—¿Qué estás haciendo ahora?

—Nada.

—¿Cómo sobrevives?

—Como te dije, junté unos ahorros en este tiempo y vine a buscarte.

Walter se sintió halagado. Nunca nadie había hecho algo así por él antes.

—¿No quieres trabajar para nosotros? Vamos a necesitar gente y podríamos estar juntos.

Natalí volvió a bajar la vista al piso mientras caminaban.

—No lo sé. Vender droga… no creo que sea lo mío.

—¿Y qué es lo tuyo? Yo puedo protegerte nena. Juntos podemos ganar mucha pasta. Salirnos de aquí. Quizás algún día pueda poner un restaurante de comida peruana.

La chica largó una carcajada.

—¿Y dejarías el negocio?

—¿Por qué no?

—Me gusta que quieras convencerme de quedarme con vos, pero no me mientas. Te conocí transa y vas a morir transa.

—¿Qué dices? Yo ya no vendo. Estoy más arriba en la cadena.

—Entonces me querés para que venda yo.

—Te quiero para que me prepares la comida, cuides a Quijada.

—¿Quijada?

—El perro.

—Entiendo.

Siguieron caminando sin decirse nada. Se sentían cómodos con su mutua presencia y así estaban bien. Comenzaron a adentrarse por los pasillos de la villa. Pasaron por la cancha de fútbol de los paraguayos donde el Samurai había cimentado su poder.

—¿Ves esto? —dijo él— pronto será de nuestra banda.

Natalí no respondió.

Siguieron caminando por el interior de la villa. Cada pocos pasos que daba, Walter saludaba a algún vecino que lo reconocía.

—Sos popular acá.

—No se puede vivir mucho tiempo en esta porquería sin que algunos vecinos te reconozcan.

—Claro.

Walter reflexionó un instante y por fin dijo.

—Oye, esta noche hay un baile. ¿No quieres venir? Puede ser divertido.

—¿Un baile?

—Aquí, en el bar del Cholo. Tiene un patio grande. Habrá unas cumbias, un poco de baile, un poco de bebida…

—Un baile en la villa…—reflexionó Natalí intentando imaginarse cómo se sentiría— está bien, por qué no.

Walter intentó disimularlo, pero la chica se dio cuenta de que lo había hecho feliz.

***

Esa noche el baile estuvo muy animado, especialmente bien entrada la madrugada cuando los concurrentes, sin excepción, estaban todos ebrios. La sorpresa que esa noche dio el Cholo, que estaba acostumbrado a deslumbrar al barrio con algún acto no anunciado que podía ir desde fuegos artificiales para deleite de toda la villa y en especial de los más chicos a espectáculos musicales, fue la invitación a tocar a la banda de cumbia *Kmalaeón* que hacía ya un tiempo que dominaba los escenarios más famosos del circuito tropical. La banda se había repuesto sin contratiempos al asesinato de uno de sus miembros, Daniel "Tecla" Basualdo cuyos restos habían sido hallados hacía un año en el foso de los leones del Zoológico de la ciudad y ahora entonaban uno de sus éxitos para el deleite de los concurrentes que bailaban al son de los acordes algo desafinados y muy estridentes que inundaban la villa.

Walter bailó junto a Natalí y la noche pareció ser eterna como sólo esos momentos que hacen felices a las personas llevándolas al deseo de que nunca terminen pueden lograr.

Los hermanos Flores se habían acodado en la barra donde no habían dejado de tomar una tras otra cerveza. Edgar apenas había logrado acomodar su enorme masa corporal a la pequeña banqueta y William lo acompañaba de pie. Franklin también había estado bailando junto a Walter y Natalí. Un rato más tarde el Inca lo había visto conversando animadamente con un muchacho de cuerpo fornido y bien preparado. Había que tener confianza en sí mismo para mostrarse en una situación tan abiertamente provocadora, pero desde que habían retomado el negocio, El Loco había recobrado la templanza que había tenido cuando el Inca lo había conocido y además, pensaba él, se merecía cada vez más el apodo de "loco": se mostraba temerario y hasta arbitrariamente brutal en sus contestaciones y formas de comportarse.

Había alguna gente del Samurai dispersa entre la multitud que bailaba y tomaba, pero la banda del Inca pasaba desapercibida para ellos. La gente estaba contenta, feliz, festejaba el final de la larga guerra contra el Paraguayo Ramírez y el Samurai había querido que esos tiempos de su paz romana fueran tranquilos. Sus hombres patrullaban los pasillos de la villa con armamento pesado con el único propósito de que no se produjeran incidentes. Y no se sucedían porque no había nadie que estuviera dispuesto a desafiar su poderío. Las pocas voces que se alzaban en su contra, porque detestaban que contaminara con su droga a los pibes de la villa, habían tenido que cambiar a susurros para evitar represalias. Y mientras tanto el negocio del Inca Ayala y el Loco Bautista seguía imperturbable, desarrollándose justo frente a las narices del Samurai Jack.

Walter sentía los pies dolidos de bailar durante toda la noche y se apoyó junto a una columna de cemento sin terminar.

—Ven un rato Natalí, sentémonos.

La chica lo siguió y se sentó encima de las rodillas del Inca.

—¿Así está bien? —le dijo insinuante, acercándole el escote. Había ido vestida con una pollera escocesa y un corset negro atado que la hacían desentonar con el resto de la fiesta, pero eso no le importaba a Walter que le acercó los labios a la boca para un largo beso.

Una mano pesada se apoyó sobre su espalda. El Inca se desprendió de la boca de Natalí que lo mordió intentando retenerlo en vano.

Era Edgar Flores el que lo había distraído.

—¿Qué quieres gordo?

—Walter, quiero presentarte a Alberto Montero.

Un tipo en un traje barato y con el pelo húmedo tirado hacia atrás le extendió la mano.

—¿Y éste quién es? —dijo Walter ignorando al hombre y dirigiéndose a Edgar.

—Es el representante de la banda *Kmalaeón*, los que tocaron esta noche.

Walter le sacudió la mano con desconfianza.

—Un placer. Edgar y yo somos viejos conocidos de la noche.

—Trabajé hace unos años para él.

—Así es. Un gran hombre. Y su hermano William también, por supuesto —dijo intentando localizar al otro hermano Flores que seguía acodado a la barra, con la mirada perdida y una botella de cerveza en la mano.

—Encantado entonces. Los amigos de los hermanos Flores son mis amigos.

—¿Walter Ayala?

—Así es —respondió el Inca desconfiado. Natalí, empezó a sentirse fastidiosa.

—Walter, ¿podemos irnos?

—Ahora no. Aguantame.

—Curioso —siguió Montero como si no hubiera escuchado la interrupción —el cantante de *Kmaleón* también es un Ayala y... ¿de Cajamarca, Perú vienes?

Walter asintió desconfiado.

—Llamémoslo. ¡Braian! —gritó.

El cantante estaba metido en una animada conversación con una joven de formas y modos sensuales, pero apenas escuchó que Montero lo llamaba se excusó y se acercó hasta la mesa donde estaban el Inca y los demás.

—¿Alberto?

—Quiero presentarte a... tu primo Walter —le dijo.

El Inca le dedicó una mirada desconfiada.

—Un gusto —dijo el otro. Parecía tener alguna especie de dificultad en el habla y portaba una cara caída como si hubiera recibido de pequeño un golpe de frente como de una sartén o una plancha para carne que le hubiera destruido los huesos de la mandíbula dejándole el rostro como una especie de colgajo.

—Tu no eres mi primo —dijo Walter algo alterado.

—Vamos a casaaaaaa —se quejó Natalí en un lloriqueo.

—¡Ya cállate! —le respondió Walter y la sacó de su regazo con un empujón. La chica cayó al piso y se escucharon algunas carcajadas. Natalí se puso de pie y sin decir nada se sentó en una silla al lado de Walter.

Entretanto Alberto Montero sonreía con cinismo y Braian Ayala seguía extendiendo su mano a Walter.

—Cómo que no soy tu primo? Soy yo, el Braian. El Monito. Ayala. Dice Alberto que somos primos, yo le creo todo a Alberto.

Edgar se acercó al oído de Walter y le dijo algo.

El Inca dudó un instante y por fin, fastidiado, concedió.

—Está bien. Si lo dice tu representante —le apretó la mano. Se puso de pie y lo abrazó —primo querido.

—Que hermoso momento este encuentro entre los Ayala —se congratuló Alberto Montero.

Edgar Flores se volvió a arrimar a decirle algo a Walter en el oído que asintió y lo corrió con la mano. Se puso de pie y abrazó al cantante de *Kmaleón*.

—¡Primo querido! —dijo y el otro lo recibió primero con sorpresa y luego con el mismo calor y emoción que le mostraba Walter.

Estuvieron abrazados un minuto. Walter le palmeaba la espalda y El Monito se dejaba hacer como si estuviera recibiendo un arrumaco que necesitaba.

—Es una feliz coincidencia —dijo Alberto Montero y los separó —estoy seguro de que de ahora en más este vínculo se afianzará.

El Monito Ayala ahora tenía la mirada perdida como si lo que acababa de suceder no hubiera pasado y se estuviera preguntando qué hacía él ahí y por qué acababa de abrazar a ese extraño.

—Vamos —le dijo su representante.

—Estamos en contacto —se apresuró a decir Edgar Flores.

—Desde luego. La familia antes que nada, —dijo y se llevó al cantante de cumbia y lo subió a un auto donde lo esperaban algunas vecinas de la villa que lo habían estado escuchando cantar momentos antes.

Quedaron Walter y Edgar con Natalí que seguía malhumorada y ni siquiera se había fijado en la situación que acababa de suceder.

—¿Qué fue toda esa estupidez? —dijo displicente.

—Eso, querida Natalí, fue nuestra puerta de salida de esta villa de mierda —respondió Walter.

—¿De qué hablás?

—Alberto Montero es un tipo con muchas conexiones, nena —interrumpió Edgar Flores— esta noche quedó establecido el acuerdo para que nos ayude a sacar la droga del país.

—Vamos a ganar muchos dolaritos, Natalí —agregó Walter entusiasmado —y vamos a poder cumplir con el sueño del que venimos hablando hace días.

El rostro de Natalí fue dejando lentamente la mueca de fastidio que se le había dibujado hacía un rato y comenzó a convertirse en una de alegría.

***

El pacto que se había forjado en el abrazo entre los primos Ayala pronto comenzó a rendir los frutos que Edgar Flores sabía iba a rendir y la droga que traía la banda del Inca y el Loco comenzó a salir del país con rumbo a Europa a través del delicado tejido de influencias que Alberto Montero tenía montado en el mundo de la política.

—A mí no me interesa todo eso —dijo Walter cuando Franklin, exultante, comenzó a detallarle el modo en el que estaban incrementando sus ingresos.

—Pero debería Walter. Hemos subido muchos escalones.

—Ese Montero se queda con buena parte de la pasta ¿no?

—Sí, pero lo necesitamos para sacar la mercadería.

—No sé, no me gusta todo esto.

Walter parecía haberse reblandecido.

—Es esa mocosa ¿no? Te tiene agarrado de los cojones y te ablandó, Walter.

—¿Qué dices? —respondió irritado el Inca.

—Es la verdad.

Walter se levantó de la silla, tiró el cigarrillo que estaba fumando en el piso con bronca y salió de la casilla.

—Dejalo ir, —dijo Edgar Flores desde un rincón.

—Es un imbécil.

—Sólo está enamorado.

—Sería bueno que no lo arruine justo ahora.

La puerta de la casilla sonó con unos golpes. Franklin alzó una ceja y Edgar se levantó pesadamente de la silla y se movió hasta la puerta que volvió a sonar con los golpes.

Abrió. Era el Tómbola. Estaba transpirado y su respiración era agitada.

—El Samurai —dijo casi sin aire.

—¿Qué?

—El Cinco Dedos, el Samurai.

—Calmate infeliz, ¿qué tratás de decirnos?

Franklin se acercó hasta la puerta y tironeó del Tómbola para hacerlo ingresar.

—¿Qué sucede?

El Tómbola se adelantó a la mesa, tomó un vaso con restos de cerveza que había allí y lo tomó todo de golpe.

—Mataron al Rana.

—¿Al Rana? ¿nuestro Rana? —dijo Franklin incrédulo.

—Lo encontró la gente del Samurai vendiendo en la entrada de la villa. El Cinco Dedos en persona le disparó en la cabeza.

Esas eran malas noticias. Pésimas noticias.

—Vamos —dijo Franklin calzándose la pistola a la cintura.

Corrieron por los pasillos de la villa. El rumor de la muerte del Rana se corría por todas partes y todos parecían estar hablando de eso. Desde el *harakiri* público del Paraguayo Ramírez que no había habido que enterrar a nadie más por culpa de la guerra de las droga.

El Rana había sido una de las últimas incorporaciones de la banda del Inca y el Loco. Un adolescente callado y con pocos amigos que había escuchado de boca en boca que podía ganar algo de plata transando droga. Nunca había sabido para quién vendía. Había caído como soldado de un ejército que desconocía. Es que para no despertar sospechas del Samurai los transas no tenían contacto con el líder de la banda. Ni siquiera sabían quién era. Sólo recibían los ravioles de cocaína en lugares que les eran indicados cada día por medio de papelitos anotados que dejaba caer alguno de los "mancha" como los llamaban: nenes de la villa que mientras jugaban al juego de la mancha corriendo por la villa llegaban hasta los transas y dejaban caer las indicaciones acerca de dónde debían dirigirse para encontrar la mercadería. En ese mismo lugar tenían que depositar lo recaudado. El Tómbola controlaba toda la operación y marcaba los territorios limpios donde se podía vender.

—¿El pelotudo este no sabía que no se puede vender en el territorio del Samurai?

—Nunca le di permiso para que lo hiciera —respondió el Tómbola algo distraído. No quería pensar que por su culpa un chico había muerto. No, el Rana se había mandado por su cuenta. No había cumplido con sus instrucciones.

—Después vamos a hablar de esto —dijo Franklin agitado por la corrida.

Había una pequeña multitud rodeando el cuerpo ensangrentado del Rana en el piso. Una mujer lloraba sosteniéndole la cabeza, mientras le pasaba los dedos de la otra mano por la cara, intentando tapar el agujero sangrante que le había abierto el cráneo, como si pudiera lograr que la carne inanimada volviera a levantarse.

Franklin, Edgar y el Tómbola se mantuvieron a una distancia prudente.

—Voy a ir a agarrar al Samurai y lo voy a coser a tiros —dijo entre dientes el Loco.

—No. No vas a hacer eso, —escuchó que le decían por la espalda.

Se dio vuelta agitado y se topó con el cuerpo delgado y la cara poceada de Walter.

—Tú.

—¿Estás coca cola o qué? Qué pregunta. Claro que estás loco.

—Dime ¿por qué no deberíamos encargarnos de una vez del Samurai?

—Porque es más poderoso que nosotros, tiene más gente en su ejército, la gente de la villa lo quiere más que a nosotros y porque nos haría trizas.

—El Inca tiene razón, —intervino Edgar Flores meditabundo—. No es el momento.

El Loco se llevó la mano al cinturón y tanteó su pistola.

—Este Rana..., —siguió el Inca— era un imbécil. Él sólo se buscó su destino. No debía vender aquí. El Garfio ese nos hizo un favor al limpiarnos una molestia.

—Pero era un soldado nuestro, — dijo el Tómbola —. Le debemos la venganza.

—Tú eres un soldado nuestro. Cállate y haz lo que digamos.

El Tómbola se calló la boca, pero el Inca supo que no le gustaba lo que acababa de pasar.

—Loco, — dijo Edgar— Walter está en lo cierto. Nadie sabe que el Rana transaba para nosotros. El negocio se está diversificando. Estamos en asuntos más importantes que vender en esta villa miserable.

La mujer que sostenía el cadáver del Rana largó un alarido que los distrajo. Más gente empezaba a acercarse al lugar. Empezaron a circular rumores. Se empezó a oír que llevarían en procesión el cuerpo del Rana al cementerio. Que toda la villa iba a tener que acompañar a doña María, la madre doliente que acababa de perder a su único hijo.

—Vamos, —dijo por fin el Inca sin pasión en su voz—. Aquí ya no queda nada.

Se dieron vuelta y comenzaron a volver. El Tómbola en cambio se quedó quieto en la misma posición.

—¿Qué? ¿no vienes?

—Deberíamos acompañar a la procesión —dijo.

—No, no deberíamos mezclarnos con este asunto. No queremos que nadie sospeche que teníamos algo que ver con esa rana aplastada. —dijo el Inca y rio tontamente porque eso era lo que era el chico ahora: una rana aplastada. Como si le hubiera pasado un automóvil por encima una noche en una ruta poco iluminada.

—Yo me quedo.

—Allá tú entonces.

El Inca, el Loco y Edgar desandaron su camino de regreso a la casilla.

El Tómbola se quedó junto a la multitud que rodeaba el cuerpo del chico y a su madre. Apenas se había sabido que el chico había muerto por vender drogas en territorio del Samurai la gente había ido abandonando la escena, como si de pronto se hubieran enterado de que ese lugar se trataba de un foco de infección de alguna enfermedad contagiosa e incurable. Comenzaron a llegar otros adolescentes de la villa. Amigos, conocidos del Rana, algunos otros transas de la banda del Inca y el Loco.

Esa tarde se hizo el velorio en la casa de la madre del Rana. Como todo en el barrio, la suya era una construcción modesta de material a la vista. El cuerpo del chico fue colocado en cajón abierto y el funebrero disimuló la herida mortal con un poco de maquillaje que no alcanzaba a disimular la magnitud del daño.

Los amigos del chico empezaron a llegar y luego de dar sus condolencias a la madre se acercaban al Rana para una última despedida. El cajón pronto se llenó de ofrendas sencillas: cigarrillos de marihuana, tapas de cerveza, un casette con compilados de cumbia. Para que en la tumba no se olvidara de sus amigos y no se aburriera tan solo.

El clima de dolor y llanto se enrareció con la humedad de ese día particularmente cálido y a la medianoche las velas ya estaban a medio arder. El velorio comenzó a transformarse en una reunión de adolescentes, los más marginales de la villa, los más cercanos al Rana y muchos transas de la banda del Inca y el Samurai. El Tómbola había pasado toda la tarde custodiando a la madre del Rana a quien conocía desde siempre pero no se animaba a confesarle que era él quien había metido a su hijo en ese asunto que le había costado un tiro en la cabeza.

Fue cerca de las cuatro de la mañana, cuando la mayoría de los asistentes se encontraban borrachos, desmayados en el suelo víctimas del calor, la humedad, la tristeza y el calor, cuando cayó la banda del Samurai al velorio.

***

Se movieron como sombras en la noche, íntegramente vestidos de negro de pies a cabeza, excepto por el propio Samurai que quedó un par de pasos atrás de sus hombres y vestía su tradicional capa roja, pantalones cortos deportivos y zapatillas de lona desgastada. Y su katana. En los últimos tiempos no daba un paso si su sable japonés.

Los ninjas del Samurai Jack se posicionaron a su alrededor formando dos hileras diagonales enfrentadas que se unían oblicuamente en su figura al final. La imagen era de un triángulo equilátero al que le faltara su último lado.

—Así los quería encontrar —gritó el Samurai y luego a continuación de un gesto de su cabeza sus hombres se escabulleron en el velorio y comenzaron a dispararle a todos los asistentes que encontraron a su paso.

La masacre fue bestial y breve. Las víctimas estaban indefensas: ya fuese por lo inesperado y coordinado de un ataque que fue ejecutado con escalofriante sangre fría como por los vapores etílicos que emanaban y otros simplemente recibían el disparo de gracia en la cabeza con la tranquilidad de saber que al menos dejaban este mundo demasiado horrible para ser vivido.

Los ninjas del Samurai parecían ir cebándose con la sangre, los gritos, el olor a pólvora, los estampidos de los disparos y los cuerpos que se iban acumulando uno encima del otro, desparramados por el piso de cerámicas resbalosas, a los pies del féretro del Rana. La madre doliente también cayó en un fuego indiscriminado que no hizo excepciones y en poco más de dos minutos ya no quedaban más que sombras negras de pie. Y el Tómbola. El hombre del Inca y el Loco había escapado a las balas y cuando el clamor de los disparos frenó el Samurai se acercó hacia él. Los dos se conocían desde hacía años como se conoce casi toda la gente de la villa o quizás más. El Tómbola estaba de pie entre los cuerpos acribillados de los asistentes al velorio. El olor a sangre, cerveza derramada, químicos y azaleas en descomposición producía un ligero picor en las fosas nasales de quienes respiraban ese aire viciado.

El Samurai caminó entre los cuerpos en el piso y se detuvo frente al Tómbola. Lo miró un segundo y luego sonrió.

—Vamos —dijo por fin dándose vuelta.

Sus soldados lo siguieron y se perdieron caminando sin apuro, con la tranquilidad de saberse los dueños de la villa, en el medio de la noche.

El Tómbola sabía que había escapado a la muerte esa noche pero que lo que había hecho con él el Samurai no era otra cosa que condenarlo a una muerte más lenta y mucho más incierta. ¿Cuándo le tocaría? Porque le iba a tocar. Lo sabía.

Se quedó quieto, rodeado de los cuerpos de tantos amigos, conocidos, afectos. Se acercó hasta la silla donde había pasado toda la noche y donde también había muerto doña María, la madre del Rana. La tomó en brazos y la depositó con suavidad en el suelo, al lado del féretro de su hijo. Y se sentó en la silla que el cadáver de la mujer había estado ocupando. Se quedó allí en silencio, perdido en una meditación que no encontraba objeto más que el de repetir las imágenes que acababa de presenciar, durante un buen rato hasta que el sol comenzó a herirlo en la cara con sus caricias matutinas. La villa comenzó a ponerse de pie y cuando vieron lo que había pasado en el velorio del Rana, nadie dijo nada. Sencillamente los vecinos comenzaron a acercarse al lugar y ver la escena. Las madres y padres que lloraban a sus hijos muertos lo hacían en silencio, de rodillas ante sus cuerpos, nadie quería levantar la voz, nadie quería una nueva venganza.

Cerca del mediodía por fin llegaron las ambulancias que comenzaron a llevarse los cadáveres y un grupo de vecinos se autoconvocó sin palabras de por medio en el lugar con trapos, lampazos, baldes y agua lejía. En ese mismo silencio limpiaron los pisos, las paredes y el ambiente. La casa de la mamá del Rana quedó clausurada y nunca más nadie de la villa quiso acercarse a ese lugar que pasó a ser conocida por los locales como "La casita de la masacre" o también "La casa de velorios" y quedó rodeada de leyendas acerca de almas en pena que rondaban buscando venganza, aún mucho tiempo después de que el Samurai Jack y sus cómplices encontraran su destino final.

Cuando el Tómbola volvió a hablar con la banda el Inca desconfió de inmediato de él.

—A ver, una vez más, ¿por qué dice que no te mató el Jack?

—No lo sé.

—Vamos Walter —intervino Franklin —ya nos dijo que él y el Samurai se conocen desde que eran niños.

—Con más razón. Si el Samurai lo conoce a este huamán ¿entonces cómo no lo liquidó? ¿acaso no se cargó a todos los amigos y conocidos del Rana? Creo que nos vendió. Es cuestión de horas para que venga y nos liquide a todos.

William Flores que había estado observando la discusión con aspecto aburrido desde un rincón de la casilla donde todavía convivían el Loco y el Inca se acercó y pidió hablar en privado con ellos.

—Edgar, vigila al Tómbola mientras hablamos con tu hermano.

Salieron de la casilla y dieron la vuelta hasta el fondo.

—Confío en el Tómbola — dijo el delgaducho hermano Flores.

— ¿Y eso por qué a ver?

—Porque ha sido siempre fiel. Porque sin él no hubiéramos podido crecer en el negocio y porque propuso antes de la masacre que fuéramos a liquidar al Samurai.

—Justamente, quería entregarnos al Jack y que este nos despanzurrara con su espada.

Franklin chasqueó la lengua.

—Mira Walter, no sé por qué pero yo coincido con William. Le creo al Tómbola.

—Están locos.

—Lo necesitamos. Pero vamos a redoblar la vigilancia sobre él.

Walter se fastidió.

—Está bien. Como digan. De todos modos esto ya no es para mí.

—¿Qué dices?

—Lo que oyes. Quiero salir de esta condenada villa.

Franklin echó una carcajada.

—¿Y cómo piensas hacerlo?

—Voy a poner un restaurante con la Natalí.

El Loco rio nuevamente y William lo acompañó.

—Y luego me dices Loco a mí. ¡El loco eres tú y así te ha puesto tu hembrita!

—Ya veremos —dijo lacónico el Inca.

***

El negocio había estado rindiendo frutos, eso era cierto y el Inca había estado ahorrando todo lo que le tocaba desde hacía varios meses, en la medida en que su relación con Natalí se iba asentando.

La chica había estado visitando la villa para pasar el rato con él y Walter que en un principio se había mostrado alerta y reacio a la presencia de la muchacha había terminado por ceder de a poco, ablandándose ante los avances decididos de ella.

Entonces había ido dejando los pasatiempos con los que el resto de la banda solía divertirse: mujeres, alcohol, juegos de azar. En los juegos era experto el Loco que se gastaba buena parte de su tajada en la quiniela clandestina de la policía y en los juegos de cartas que se llevaban a cabo en una cantina mal iluminada en los bordes del territorio del Samurai, apenas saliendo de la villa. Había de todo ahí: soldados del capo narco, despistados, vecinos de la villa adictos al juego y el Loco Bautista, que para todos pasaba por otro simple obrero que se gastaba sus pesitos en la mesa del blackjack, póquer o lo que fuera que se estuviese jugando.

Pero Walter había estado ahorrando su parte en silencio y sin hablar del asunto con nadie más que con Natalí. Trabajaba duro en la logística de la operación que llevaban a cabo: verificaba que las mulas que traían la cocaína de primera desde Perú llegaran hasta el punto de control e intercambio en el país sin inconvenientes, ayudaba al Loco en la preparación de los cargamentos hacia Europa y también supervisaba junto con Edgar y William Flores que el aguantadero donde se fraccionaba y se estacionaba el cargamento hasta el momento de la salida estuviera bien vigilado y lejos de las miradas del Samurai y de la Policía.

Luego del asesinato del Rana la villa se había puesto extremadamente. La opción de dejar de vender ahí había decantado lógicamente: el negocio se movía bien exportando hacia afuera y además ya no tenían transas para ocuparse de la operación interna. El Tómbola ayudaba en la recepción de los cargamentos, pero el Inca lo observaba de cerca, sospechaba que había tenido más responsabilidad en la masacre de lo que le había podido sacar.

Entonces el Inca por fin un día decidió irse de la villa.

—Hemos comprado con Natalí un restaurante —dijo una tarde en la ronda de mate en la que estaban sentados Franklin, William y Edgar Flores.

—¿Un restaurante? —preguntó incrédulo Franklin.

—Justo frente del Bar de Rocky. ¿Recuerdas William nuestra primera cita?

El flaco de los hermanos Flores cerró los ojos intentando hacer memoria.

—Ya han pasado casi seis años desde aquel día —meditó.

—Este fumón se nos apareció y nos ofreció ir a robarle droga al capo de la villa.

—A uno de los capos de la villa en ese momento.

—Es el que ganó la guerra, da igual.

Los cuatro hombres se quedaron en silencio un instante.

—Fueron buenos tiempos.

—Interesantes.

Franklin se levantó de la silla y se acercó hasta la ventana. Encendió un cigarrillo y fumó en silencio.

—Anda —le indicó Edgar con un gesto de la cabeza.

El Inca se acercó a su socio.

—¿Estás triste loquito?

—No seas idiota.

—Yo sé que me extrañarás.

—¿Te crees que esto es tan sencillo? ¿un día decides irte y te vas?

Walter se movió incómodo.

—Oye, sabes que seguiré estando disponible para venir aquí... o donde sea. Creo que ya es hora de que la banda abandone este lugar, ¿no crees?

El Loco Bautista tiró el resto del cigarrillo por la ventana.

—Esta operación se puede sostener sin problemas. No me necesitas. Ni me necesitan. Piensa que la recaudación aumentará para ustedes.

El otro seguía sin mirarlo. Walter adivinó que el Loco estaba reprimiéndose las ganas de llorar. Le dio una palmada en el hombro.

—Tuvimos nuestros buenos tiempos. Nos hemos divertido.

El Loco se dio vuelta y volvió a quedar frente al Inca, su alumno, el chico al que había agarrado sin nada y había convertido en un empresario.

—Gastronómico, ¿eh? —entonces lo abrazó con fuerza. Walter no se había esperado esa reacción y no supo cómo responder. Durante años le había prohibido al Loco acercarse siquiera a él en forma afectuosa. Sabía acerca de sus gustos y él no quería nada con todo eso. Esa vez se dejó abrazar y lentamente apoyó sus propias manos en la espalda del Loco. Había aprendido a quererlo a base de la convivencia y que el otro no se metiera en sus asuntos.

—Pondré el mejor restaurante peruano que hayas visto. Está bien con esta vida de andar a los tiros. Ya tuve mi diversión.

—Lo decís porque la chica esa te llenó la cabecita.

Pasaron dos semanas desde esa reunión de despedida hasta que el Inca Ayala pudo irse definitivamente de la villa y abrir su restaurante: *El Cajamarquino*. Se trataba de un local alargado, una especie de gran pasillo con una barra lateral donde se ubicaba la caja. Las paredes resplandecían en un rosa chillón recién pintado decorado con dibujos en témpera de flora y fauna de la región de Cajamarca. Detrás de la caja registradora se alzaba impactante un dibujo de Atahualpa, el último emperador del imperio Inca.

Natalí se encargaba de la cocina. Había sido su sueño desde que había empezado a trabajar en McDonald's y ahora con un poco de consejo de Walter había logrado comprender los secretos de platos típicos como anticuchos, ajíes de gallina y el plato preferido de Walter, el cuy frito con picante de papa. Este último plato era el que mejor le salía porque era también aquel al que mayor tiempo le había dedicado.

El Tómbola dejó también la villa y se puso a trabajar como mozo a pedido de Walter que personalmente lo invitó a una "vida más tranquila" aunque en realidad lo quería tener cerca porque todavía sospechaba una traición suya. Aunque lo más probable, había ido deduciendo el Inca, fuera que sólo se tratara de un chico medio tonto del que el Samurai se había compadecido. La fama de lelo, el Tómbola, la tenía bien ganada. Para la cocina y el resto del personal que necesitaba el restaurante el Inca llevó amigos y conocidos de la villa y todo el proceso fue supervisado por Edgar Flores a pedido del Loco Bautista. El Inca podía dejar el negocio, pero si le llegaba a pasar algo las consecuencias podían expandirse. Había que estar prevenido.

Y entonces así fue como Walter Ayala dejó por fin la villa y se puso un restaurante de comida peruana.

***

El restaurante comenzó lento, pero no tardó en acomodarse y empezar a dar unas ganancias discretas pero suficientes para mantener a Walter en calma. *El Cajamrquino* empezó a ver, con cierta timidez remolona, sus mesas llenas de comensales. Familias bulliciosas de peruanos que pasaban horas del fin de semana degustando ceviches, pollos a las brasas, secos de carne y todo tipo de platos regionales que les hacían recordar a su tierra.

Natalí trabajaba con pasión en la cocina, supervisando en un comienzo que las recetas se respetaran y los platos salieran como debían salir, superando en conocimiento de la materia a Justo Villarroel, un peruano recién llegado de Lima que había comenzado a trabajar en la cocina.

La banda quedó en manos del Loco Bautista que no tardó en retirarse también de la villa. Walter tenía razón: ese ya no era su lugar y desaparecer de las narices del Samurai era la mejor forma de garantizarse la supervivencia.

El Inca se enteró por medio de los hermanos Flores que todas las semanas lo visitaban en el restaurante que Franklin se había retirado hacia el centro de la ciudad donde había conseguido un local en una galería. Era un cuartucho oscuro y claustrofóbico que vendía chucherías inservibles como osos de peluche y todo tipo de baratijas que conseguía traer por poca plata desde Taiwán. Ese cuartito estaba comunicado con un departamento más grande pero también deprimente y oscuro donde mantenía un centro de juegos de azar y apuestas clandestinas, así como distribución minorista de marihuana y algunos ravioles de cocaína. Mientras tanto seguía manteniendo su operación principal con la coca peruana que no dejaba de llegar a pesar de la salida del juego de Walter.

Los dos socios fueron dejando de hablar de a poco y casi naturalmente. Las noticias las llevaban y traían los hermanos Flores y Walter estaba bien con eso. Tenía demasiado bajo su ala con la administración del restaurante como para preocuparse por su antiguo socio. La distancia lo hizo ir dándose cuenta nuevamente que en realidad nunca había sentido especial afecto por él y que solamente lo había aceptado porque había sido lo que tenía que hacer. Pero habían pasado casi ocho años desde que había llegado desde Cajamarca sin nada en sus bolsillos, a la pensión de Herminia González y había golpeado la puerta del cuarto de Franklin Bautista. Ni siquiera le decían Loco por esa época como a él tampoco le decían el Inca.

A los seis meses de establecido el restaurante las ganancias ya eran estables y constantes y con ese dinero sumado a un sobrante que le había quedado del reparto cuando se había abierto de la operación de la banda compró un terreno y una casa al lado del río en un barrio privado.

Se mudaron con Natalí y los siguientes seis meses fueron de trabajo duro e intenso pero las satisfacciones y el alejamiento de lo que había sido su vida desde que había nacido en Perú del vientre de la puta del pueblo, pasando por sus años como sicario en motocicleta en las callejuelas de Cajamarca, su llegada a la ciudad, su trabajo como transa en el McDonald's, el escape a la villa, los enfrentamientos con las bandas del Paraguayo y el Samurai, todo eso parecía haber quedado enterrado en un pasado tan lejano que algunas noches de insomnio, mientras veía las aspas del ventilador de techo moverse, le parecían recuerdos irreales, el invento de una mente imaginativa. Entonces se tocaba la cara, rozaba los surcos que la viruela mal curada le había dejado y recordaba de golpe de dónde venía y quién era en verdad: un indio pobre que había huido de una venganza para construir un imperio subterráneo frente al más despiadado líder de la mafia de la villa y que luego cuando podría haberse quedado para matar o morir por el liderazgo de la villa, lo había dejado todo por la mujer que dormía plácidamente a su lado.

Natalí. Esa mujer lo había cambiado todo.

La contemplaba con su pelo lacio negro cayéndole sobre los hombros; su sonrisa contagiosa y su sentido del humor amargo. El perro Quijada dormía a los pies de la cama y los acompañaba todos los días al restaurante ida y vuelta. No podía tolerar estar sin Walter. El animal estaba envejeciendo y tenía sus achaques y para el Inca era una buena compañía.

Cuando se cumplió el primer aniversario de la inauguración de *El Cajamarquino*, Walter decidió que daría una gran fiesta, un amplio banquete para todos sus amigos y conocidos que había dejado en la villa. Fueron los propios empleados del restaurante que en muchos casos todavía vivían en la villa los que llevaron la noticia y un mes antes de que se realizara el evento las expectativas tenían ansiosos a todos, llegando a producirse riñas y tiros por conseguir un par de entradas.

La banda *Kmaleón* de su presunto primo Braian Ayala había confirmado un show musical privado para los invitados VIP y Natalí contrató varios cocineros temporales.

—Mientras nos alcance el manduque y haya espacio, la gente podrá entrar al local —repetía Walter cada vez que alguien le preguntaba si quedaban invitaciones para el evento.

Edgar Flores le llevó la invitación al Loco Bautista que cordialmente le mandó a decir a Walter que el día de la fiesta estaría ocupado. Ninguno de los dos tomó el hecho como una ofensa. El Inca obvió la negativa de su exsocio y el otro el hecho de que su discípulo no hubiera tenido la dignidad de invitarlo en persona.

La fiesta fue un domingo de cielo nublado y oscuro que se convirtió en un anticipo de los hechos que luego ocurrirían y que volverían a dar vuelta el tablero de la vida del Inca Ayala.

***

La fiesta del primer aniversario de *El cajamarquino* se extendió desde el mediodía del domingo hasta bien entrada la madrugada del lunes y congregó a unas doscientas personas, la mayoría villeros que habían sido parte de la vida del Inca Ayala durante esos años. Las entradas a la fiesta se volvieron un bien codiciado y las que incluían acceso al VIP del primer piso todavía más. Sin embargo, Walter en persona se ocupó de supervisar la cocina para que hubiera comida para todo aquel que se acercara a pedir. Se armaron viandas envueltas en bolsas para que los que no hubieran conseguido una entrada de cualquier modo pudieran acceder a las delicias que se sirvieron ese día y se dispusieron algunas mesas y sillas de plástico en la vereda del restaurante donde se impuso una estricta rotación de comensales para que todos los que quisieran tuvieran donde sentarse al menos un rato y evitar que nadie se aprovechara de la generosidad del Inca Ayala. Natalí estuvo involucrada en la cocina desde el comienzo y cocinó junto al resto del personal e incluso dos cocineros contratados especialmente para la ocasión. Se sirvieron los platos tradicionales que podían comerse en el restaurante cualquier día y además todo tipo de delicias de la cocina típica de todas las partes de Perú: juane de arroz de la región amazónica, olluquito con charqui, un plato andino para el que se hicieron traer ollucos y carne de llama desde el sur del país, rocoto relleno al estilo de Arequipa y también de allí cuy chactado, tacacho con cecina de la región selvática y también los platos típicos de Cajamarca: chicharrón con mote, caldo de cabeza de ternero y picante de papa con cuy frito que era uno de los platos preferidos de Walter y siempre estaba disponible en el menú de *El cajamarquino*. De postre se sirvió mazamorra morada, suspiro limeño y frijol colado.

Con todo eso el Inca se aseguró que el recuerdo de la fiesta quedara marcado en la memoria de todos los asistentes. Entre la gente que se había acercado a la fiesta se encontraban tres hombres del Samurai Jack. El Inca se había encargado de hacerle llegar al Samurai y a sus hombres varias entradas de invitación con acceso al sector VIP. La invitación fue una muestra de cortesía en reconocimiento del poder que el Samurai tenía en la villa y el respeto que se merecía teniendo en cuenta que casi todos los invitados venían de allí y, Walter no dudaba, se hablaría de la fiesta en los pasillos de barro sin asfaltar durante varios días, semanas y seguramente meses y años.

Los invitados de la banda del Samurai que aparecieron esa tarde fueron el Manteca Díaz, y Walter se alegró de verlo, después de todo era el que les había permitido quedarse en la villa cuando habían llegado por primera vez; el Cuervo Raúl y Antonio Mariani, el

Cara de Pizza, como le decían a un tipo con la cara llena de manchas rojas de nacimiento que le daban el aspecto de ser una grande de muzzarella.

Walter se acercó a ellos.

—Es bueno ver gente del Samurai por aquí.

El Manteca Díaz que vestía la misma camisa hawaiana abierta que usaba siempre se limpió las manos con una servilleta y se la extendió firme al Inca.

—Algunos tuvieron suerte de poder irse de la villa —dijo.

—No me olvido que fue usted el que nos dejó quedarnos a mí y a mi amigo.

—Es bueno para la salud no olvidarse, pibe. El Samurai nunca olvida.

Walter saludó nuevamente y se dirigió a la cocina pasando por el costado de la gran mesa larga armada uniendo todas las mesas del restaurante de forma horizontal alrededor de la cual se sentaban los invitados que habían logrado entrar a la fiesta. En la puerta de la cocina se cruzó con Natalí que llevaba varios platos para repartir. Walter la detuvo y estiró los labios para darle un beso.

—Salí, baboso.

—Otra vez te me pones toda quisquillosa. ¿Qué hice yo para merecer a esta ñorsa?

—Quizás si dejaras de hablar con esos mafiosos esta ñorsa te dejaría que le dieras un beso.

—Pero tú sí que no entiendes nada.

—No me gusta que estén aquí. Son salvajes —dijo Natalí y siguió su camino dejando parado al Inca Ayala a la puerta de la cocina.

Se quedó quieto un instante intentando pensar qué tenía que hacer con ella, no podía permitir que lo cuestionara y mucho menos en público y menos aún en la fiesta, SU fiesta para la que tanto había planificado y sacrificado. Una voz lo llamó. Era Edgar Flores que estaba sentado a unos metros, al lado de una de las cabeceras de la mesa que ocupaba él. Ya tendría tiempo de hablar con Natalí más tarde. Se acercó hasta donde el obeso hermano Flores lo esperaba junto a su hermano flaco, William y se sentó con ellos.

—¿Problemas en el paraíso? —preguntó risueño William.

—Cállate.

—Mujeres.

—¿Saben qué tienen en común con los cangrejos? —preguntó Walter.

Los hermanos Flores intercambiaron miradas sin respuesta y volvieron hacia el Inca.

—En que son solo piernas y en el cerebro tienen porquería —remató el peruano.

Los hermanos lo contemplaron perplejos.

—Es para que rían imbéciles.

Como si hubiera sido una orden los dos hermanos largaron una carcajada estentórea.

—Vamos Walter —intervino Edgar mientras se hurgaba los dientes con un palillo —. Olvidate de la chinita hoy. Creo que tenés cosas más importantes a las que estar atento. —Y cuando hubo dicho esto le señaló con un gesto de la cabeza hacia el fondo de la gran mesa alargada. Allí estaban los hombres del Samurai y parado a su lado, hablando animadamente, estaba el Tómbola.

—Muchacho alegre —dijo William.

—Bastante alegre teniendo en cuenta que se las tiene jurada por la masacre de la casa de los velorios ¿no? —señaló con malicia Edgar Flores.

—El Tómbola es medio lelo, eso lo hemos sabido desde siempre, —intentó matizar Walter, aunque en verdad no le gustaba lo que estaba viendo.

William le dio un disimulado codazo en el pecho a Walter y le señaló con un gesto hacia adelante. Parado frente a los tres hombres, sonriente, se encontraba Asensio Villagra.

—Pero si no es otro que Walter Ayala. Lindo camino hiciste Inca para terminar acá como anfitrión de la fiesta.

Walter tragó saliva. Se había olvidado casi por completo de su vecino de la villa al que le debía más de un favor.

—Asensio, que bueno que viniste.

—No gracias a vos, Walter —dijo el recién llegado y se hizo un lugar para sentarse al lado de William Flores.

—¿Es que no te llegó la invitación que te envié?

—Nada. Ninguna invitación.

—Habrá sido un error. Ya mismo pido que te sirvan algo y por supuesto tenés acceso al primer piso donde está el vi ai pi.

—A mí hablame en castellano Inca, ya sabés que tu idioma indio no lo entiendo.

—El VIP hombre. De "Very Important People". Vos sos muy importante. Arriba están las chicas y habrá un show de la banda *Kmaleón* en algún momento de la tarde ya ni sé. Son tantas cosas de las que debo encargarme.

—Ah, claro, claro. —dijo Asensio mientras le servían un plato de anticuchos. Se frotó las manos —Ahora nos vamos entendiendo.

Walter había perdido su color corporal.

—¿Estás bien? —le dijo Edgar al oído.

—Perfectamente.

—Estás pálido. Mejor te tomás un descansito antes de seguir con la fiesta.

Walter se tocó la frente con la palma de la mano. La tenía húmeda. Fastidiado salió a paso vivo de allí y caminó hasta el final del pasillo, atravesó una puerta, pasó al lado de Milton Mamani, el portero del restaurante que estaba trabajando ese día como guardia para controlar quién podía entrar al VIP y subió las escaleras hasta el primer piso. Era temprano todavía y la fiesta seguía más activa en el salón principal que allí, donde un tipo que Walter no sabía quién era jugaba en solitario en la mesa de pool y en un rincón se acomodaban los instrumentos de la banda. Una prostituta aburrida fumaba un cigarrillo en el sillón de tres cuerpos de cuero blanco y con un gesto de la mano le indicó mientras pasaba de largo que tuviera cuidado con eso y no quemara el tapizado.

Mujeres, enemigos sentados en su mesa a diálogo vivaz con sus empleados, vecinos rencorosos, no se había anotado en eso. Tener un restaurante no tenía que ser atender ese tipo de problemas idiotas. Estaba fastidiado y aburrido. Eso sobretodo. Lo aburrían esas cosas.

Al final del piso entró en su oficina y dio un portazo. La estantería con una estatuilla de la Virgen de los Dolores tembló y el perro Quijada que estaba acurrucado al lado del escritorio del Inca levantó las orejas y la cabeza con curiosidad.

Walter se apoyó en la mesa del escritorio y respiró hondo hasta recuperar el control. Luego se acercó a la estantería que sostenía a la virgen y un retrato de Tupac Amaru y tomó de ella una copa catedral y la llevó al escritorio. Se sentó en su sillón de jefe, le acarició la cabeza al perro y abrió el primer cajón del que sacó una botella de pisco y otra de jarabe de goma y una coctelera.

—Falta el limón. Y los huevos. Sobretodo los huevos — habló solo.

Levantó el tubo del teléfono y llamó con el intercomunicador a la cocina para pedir que le subieran unos huevos, un limón y algo de hielo.

—¡Lo que oíste! —gritó y cortó— inútiles. Nadie sabe hacer nada.

Se quedó contemplando la puerta de la oficina y el retrato de Tupac Amaru aleatoriamente, yendo de uno a otro hasta que golpearon.

—¡Adelante!

Mitlon Mamani entró con una bandeja donde descansaban un par de huevos crudos y un limón cortado junto con un cuchillo.

—Aquí tiene jefe.

—¿No se supone que tú deberías estar cuidando la escalera?

—Sí —dijo el otro avergonzado.

—¡Entonces a tu puesto hijueputa!

Mamani salió cerrando la puerta detrás de sí a toda velocidad.

Walter volvió a quedar solo y comenzó a volver a sentirse bien. Le gustaba estar solo a veces, lo prefería a estar acompañado por esos idiotas.

Abrió la botella de pisco y midió cuatro onzas en la coctelera, luego volcó una onza más de jarabe de goma y exprimió unas cuantas gotas de limón. Por último, rompió un huevo y metió en la mezcla media clara. Cerró la coctelera, la batió unos diez segundos y la sirvió en la copa catedral con tres cubitos de hielo. El *pisco sour* salió espumoso y de un color amarillo crema. Tomó un trago que lo tranquilizó y luego un poco más hasta terminarlo todo. Ahora estaba calmado.

Entonces comenzó a reír sin motivo alguno. Recordaba el chiste de las mujeres y los cangrejos y reía más fuerte y empezó a sentir que el cuerpo se le doblaba de la risa. No tenía motivos para reír, pero eso mismo era lo que le daba gracia. Estaba bien. Tenía una mujer que amaba y que lo amaba a él y un restaurante que le daba una buena renta. Había dejado la pobreza y la villa y había construido todo eso. ¿Cómo no reír de su propio berrinche? Se levantó del escritorio con alegría, salió de su oficina contento y se dispuso a disfrutar el resto de la fiesta. Seguía riendo.

***

El Inca Ayala había aprendido de pequeño que nada dura en la vida y que de todas las cosas, las más fugaces son las que nos hacen felices.

Aun así lo que sucedió un día después de la gran fiesta del primer aniversario de *El cajamarquino* nunca se lo habría podido esperar y fue por eso mismo, por no haber sido precavido, por haberse descuidado, que tardó en comprender la gravedad de los sucesos, procesarlos en su cabeza y determinar el camino a seguir que, una vez más, cambió el rumbo de su destino. La fiesta del primer aniversario se había extendido hasta bien entrada la madrugada del día siguiente y sólo se levantó el festejo cuando se cortó la música y se echó a los últimos borrachos que deambulaban por el local buscando un último trago o plato del que levantar sobras ya que la comida había dejado de servirse hacía varias horas.

El restaurante había quedado sucio y desordenado, había gaseosas pegoteada en el piso luego de caerse y evaporarse con el calor que hacía allí adentro, había restos de comida por todas partes, paredes manchadas y los baños eran un lodazal digno de alguna de las peores estaciones de autobuses que había conocido Walter en su viaje desde Cajamarca a Buenos Aires.

Justamente por eso fue por lo que Walter decidió quedarse unas horas más a ayudar a limpiar el enchastre y poner en condiciones el restaurante que de todos modos tenía que volver a abrir sus puertas a su clientela habitual en unas pocas horas. Como uno más, Walter tomó los elementos de limpieza y se puso a fregar junto a Natalí y el resto de los empleados hasta dejar el lugar decente.

Cerca del mediodía habían logrado que todo reluciera nuevamente.

—Andá a casa —le dijo Natalí viendo su expresión cansada —dormí un poco que así no me servís para nada.

—¿Y tú?

—Yo me quedo a ayudar con el primer turno de la cocina y después voy.

Walter no quería que Natalí se quedara más tiempo allí, pero sabía que no iba a poder convencerla de lo contrario. Por otra parte, su mano experimentada en la cocina iba a garantizar que se pusiera en marcha como debía. Cualquier cosa era preferible antes que poner en riesgo el normal funcionamiento del restaurante.

—Te esperaré en la cama entonces —dijo.

Natalí no le respondió, volvió a entrar a la cocina y con un par de gritos activó a los cocineros del nuevo turno que tenían fama de comienzo lento.

Walter salió a la vereda y respiró luego de horas una brizna de aire fresco, libre de los olores de las transpiraciones concentradas entre las paredes de *El cajamarquino*.

Por la puerta pasó Quijada que se acercó a su amo y comenzó a olfatearlo mientras movía el rabo feliz.

Walter lo acarició en el pescuezo.

—Ya, vuelve adentro. Voy a dormir unas horitas nomás y a la noche ya estoy de vuelta. Quédate con Natalí —le dijo y lo empujó suavemente dentro del restaurante. El perro obedeció. Walter bostezó, expandió el pecho y sin más se subió a la Grand Cherokee estacionada en la puerta. Milton, que solía hacer de su chofer personal, se había ido a dormir, así como el Tómbola y sus guardaespaldas. Los había licenciado por el resto de la tarde para que estuvieran bien a la noche cuando pensaba volver al restaurante.

El viaje hasta la casa al borde del río no lo recordaría luego, cuando reconstruyó minuciosamente todo lo que había sucedido entre su salida de *El cajamarquino* a las once y quince de la mañana y su regreso a las diez con cinco minutos de la noche. Sí recordó que apenas llegó a casa subió las escaleras al primer piso y se dejó caer sobre la cama, encima del colchón impecable de color violeta. No se molestó en correrlo y se quedó dormido inmediatamente. Se despertó cerca de las siete y extendió el brazo a ciegas buscando a Natalí. Pero ella no estaba. Le pareció extraño porque se suponía que debía haber vuelto para esa hora. Debía estar abajo, en la cocina o en el sillón o quizás en el jardín. Le gustaba leer a la sombra de un sauce sobre una reposera, enfrentando el río.

Tardó varios minutos en poder ponerse de pie nuevamente. Caminó con pasos pesados por el cuarto, se colocó su bata de seda y bajó las escaleras llamando a Natalí pero nadie le respondió.

En la cocina estaba Alberta limpiando platos.

—¿La has visto a la señora? —dijo Walter sintiendo que su cabeza resonaba como una caja de música con cada palabra que salía de su boca.

—No patroncito. No la he visto.

Alberta era una india del norte, casi como él, tenía diecinueve años y lo trataba con deferencia como si no hubieran salido del mismo pozo. Era raro que no la hubiera visto.

—¿A qué hora llegaste?

—Hace tres horas. Usted dormía y no quise molestarlo.

— ¿Y en todo ese tiempo no la has visto a Natalí?

—No. La señora no ha estado aquí en ese tiempo.

Walter se sirvió un vaso de agua de la canilla y caminó con él hasta el ventanal que se abría al jardín. No había rastros de Natalí. Salió de la casa, caminó hasta la reposera debajo del sauce y encontró un libro a medio leer, pero eso no decía nada porque ella solía dejar sus libros allí a la intemperie, sin importarle si el cielo estaba encapotado anunciando una lluvia o el sol radiante gastaba los colores de la cubierta.

Volvió a entrar a la casa. Alzó el tubo del teléfono y marcó el número del restaurante. Escuchó el tono de llamada, pero nadie atendió. Cortó y volvió a intentarlo. Nada. Lo intentó una vez más, ahora sin poder ocultar su fastidio y cuando vio que no iba a atenderlo nadie arrojó el aparato contra el piso. Alberta apareció desde un rincón y, sin mediar palabra, lo levantó para extendérselo a Walter.

—Gracias —murmuró entre dientes.

Esa situación no le gustaba. Y se olía que algo malo tenía que haber sucedido para que nadie lo atendiera. Era noche de lunes, no esperaba que el local estuviera desbordado, pero sí que hubiera alguien para levantar el teléfono y responderle.

Marcó otro número.

—Edgar —dijo cuando del otro lado de la línea lo saludó una voz adormilada— algo me huele extraño y quiero que me acompañes al restaurante. Trae a tu hermano. Los veo allí en una hora.

Cortó sin esperar respuesta.

Salió y se subió a la 4x4. Manejó a todo lo que pudo y estacionó en la esquina del local. Abrió la guantera: tomó la Imbel M973 de 9 mm, le rezó a la Virgen de los Dolores, besó la punta de la pistola y bajó.

Los hermanos Flores aparecieron por la esquina a su encuentro. Edgar cargaba un rifle FAL y William una .45

Las luces en toda la cuadra estaban apagadas y el bar del Rocky cerraba los lunes. La oscuridad era total.

Entonces los tres hombres, sin decirse nada, caminaron con cautela en dirección al restaurante que con un halo de luz que se reflejaba en la vereda, era lo único iluminado en la cuadra en medio de la noche cerrada.

***

El salón principal del restaurante parecía la escenografía de una obra teatral que todavía no había comenzado: las mesas estaban puestas, preparadas para recibir a los comensales, pero no había nadie ahí.

Edgar y William Flores se adelantaron adentro con las armas preparadas para volarle la cabeza al primero que se cruzase por delante suyo pero lo que recibieron fue un tenso silencio enmarcado en una quietud que les generó la sensación de estar ingresando en una emboscada.

El Inca Ayala avanzó detrás de los dos hombres. La puesta en escena era tan prolija para ser una situación cotidiana en su restaurante (¿dónde estaba el bullicio, el rechinar de los platos, los insultos provenientes de la cocina, los televisores encendidos, las familias con sus críos lloriqueando?) que sintió que se la sangre se le espesaba en las venas ante la expectativa de lo que iría a encontrar.

Con un gesto de la mano derecha le indicó a William Flores que se metiera en la cocina mientras que a Edgar le indicó que lo siguiera hasta el final del pasillo y hacia el primer piso.

William se escabulló detrás de la puerta de la cocina y comenzó a inspeccionar cada rincón bajo la luz gris que se reflejaba en los azulejos blancos, intactos, como si la cocina hubiera sido abierta por primera vez esa misma noche y todavía no hubiera sido utilizada. Todo estaba ordenado prolijamente y no faltaba nada.

Edgar y Walter atravesaron la puerta que daba al pequeño cuarto con una salida de emergencia y una escalera al primer piso. El obeso hermano Flores se adelantó con el rifle FAL apuntando a la altura de su pecho. Walter lo siguió a medio metro. Subieron la escalera paso a paso, apoyando cada pie suavemente para no hacer ni el más mínimo ruido. Edgar asomó el cuerpo al final de la escalera y se detuvo. Walter pudo sentir como la tensión del cuerpo del gordo se aflojaba.

—¿Qué? ¿qué hay?

—Vení a verlo vos —dijo el otro bajando el rifle.

Walter subió en dos trancos el resto de los escalones de la escalera que le quedaban y asomó al primer piso.

Un cartel impreso colgado sobre la puerta de su oficina decía: "Feliz aniversario!" y todo el resto del piso estaba decorado con serpentinas, papel picado y luces brillantes que se movían en todas las direcciones.

Entonces era eso. Una fiesta sorpresa que le había organizado Natalí. Una fiesta sólo para ellos luego de la fiesta para la gente.

Walter se permitió una sonrisa relajada aunque todavía sentía un poco de tensión en el cuerpo.

—Esa calabacita de mi mujer, —dijo— ¿Cómo se le ocurre hacerme pasar semejante susto?

Dio un grito para llamar a William. Guardó la pistola.

—¿Y ahora?

—A la oficina, supongo.

Los tres hombres atravesaron el primer piso del restaurante, despejando el camino de serpentinas que caían pegadas desde el techo.

Edgar le indicó a su hermano el sillón al lado de la entrada de la oficina.

—Para el festejo estás vos Inca. Nosotros nos quedamos vigilando que nadie lo arruine —dijo y los dos hermanos se acomodaron allí mismo.

Walter asintió con la cabeza y entró en la oficina.

Entonces un grito desgarrado atravesó las paredes y retumbó por todo el primer piso de *El cajamarquino* y bajó a la planta baja y también se extendió por ahí hasta la calle.

Edgar y Walter Flores se pusieron de pie de un salto y se metieron en la oficina.

Detrás del escritorio, apoyada contra el sillón estaba Natalí. Un pequeño círculo rojo se abría en el medio de su frente y sus ojos abiertos estaban secos y vidriosos. El escritorio estaba empapado en un charco de sangre que se extendía desde la cabeza de Quijada. El perro estaba clavado en un borde del escritorio, un garfio le atravesaba el cráneo y se hundía en la madera, sujetando el cadáver del animal en el aire y un papel sobre el escritorio que decía: *Sabemos quién nos robó la coca. Sabemos quién mató al Pescadito. Sabemos quién va a ser el próximo en morir.*

—El Cinco Dedos —dijo Edgar por lo bajo.

Walter estaba inmóvil en el medio de la habitación desde que había descargado su grito. William intentó llevarlo fuera de la oficina.

—Ya no hay nada que hacer —dijo.

El Inca lo apartó de un manotón. Sus rodillas comenzaron a temblar y antes de caer se abalanzó hacia el cuerpo de Natalí. La tomó de la cabeza, le pasó la mano por el rostro.

—¿Qué te han hecho mi hembrita? ¿qué te han hecho? —sollozaba.

Edgar salió de la oficina y fue a hacer un llamado. William contempló el resto de la escena desde un rincón. Walter no supo cuánto tiempo sucedió hasta que volvió a entrar Edgar, esta vez junto a Milton Mamani y el Gordo García, uno de los cocineros del restaurante.

Los recién llegados se quedaron estupefactos ante la sangrienta escena.

—¿Qué fue lo que sucedió esta tarde desde que entraron hasta que se fueron y por qué se fueron del restaurante? —dijo Edgar con tranquilidad.

—Yo... no lo sé —a Milton le costaba hablar.

—La señora... nos dio la tarde libre. Dijo que iba a preparar una sorpresa para Walter, que no le avisáramos. Esto... no es lo que esperábamos.

Walter soltó el rostro de Natalí, se limpió las lágrimas de la cara.

—Samurai Jack hijueputa. Lo voy a matar. Lo voy a matar con mis propias manos.

Edgar hizo salir a Walter y lo ayudó a sentarse en el sillón.

—Limpien el desastre —les indicó a su hermano William, a Milton y al Gordo García.

—Lo voy a matar pero antes le voy a arrancar la lengua y se la voy a hacer tragar —siguió Walter.

Edgar buscó un cigarrillo, lo encendió y se lo pasó a Walter que lo rechazó con la mano.

—Saca esa mierda de encima mío.

—Alguien tiene que haberle dicho al Samurai Jack quiénes somos.

—Y a ese Cinco Dedos le voy a meter el garfio en el medio del tarro. Hacerle eso a un pobre animal inocente.

—No va a ser sencillo encargarse del Samurai. La policía está a sus pies al igual que la villa.

Walter miró a Edgar a la cara y le dijo con recobrada sangre fría:

—Voy a matar al Samurai Jack. Lo voy a matar, le voy a cortar la cabeza y me la voy a coger por la boca frente a toda la villa.

—Bien, voy a hacer los arreglos necesarios —dijo Edgar poniéndose en pie dificultosamente y dándole una palmada en el hombro al Inca—. No va a ser fácil. Vamos a necesitar mucho poder de fuego, pero ese Samurai ya se pasó de la raya.

—Tú junta las armas que yo tengo un plan —dijo el Inca con frialdad.

***

Luego de poco más de un año de tener apenas un contacto informal a través de intermediarios Walter "El Inca" Ayala se reencontró con su antiguo socio Franklin "El Loco" Bautista. Fue en el nuevo aguantadero del Loco donde también conducía sus operaciones de juego clandestino mientras mantenía la operación principal con la coca peruana.

Los dos hombres se sentaron cara a cara y se estudiaron con detenimiento.

—Siento lo que pasó con Natalí —rompió el tenso ambiente Franklin.

—Sí.

—Y con el perro, claro. Pobre Quijada, estaba viejito ya pero no merecía ese final.

—Sí.

Detrás de Walter, acodados a la puerta de la oficina del Loco, los hermanos Flores custodiaban a su jefe. El Loco Bautista tenía lo suyo propio con dos hombres también ubicados a sus espaldas.

—Entonces, el negocio va bien —dijo Walter.

—Muy bien. Lástima que te saliste.

—Quiero volver a entrar.

—¿Cómo?

—Lo que oíste.

—¿No era que habías terminado con los tiros y las drogas? ¿no te habías puesto un restaurante y que se yo qué?

Walter golpeó la mesa fastidiado.

—Yo puedo ayudarte a liquidar al Samurai Jack y tomaremos su territorio.

El Loco Bautista largó una carcajada.

—¿Y para qué querría yo volver a entrar en el pantano de la villa y meterme con el Samurai si estoy haciendo mis negocios con tranquilidad desde aquí?

—¡Porque ese hijo de puta tarde o temprano va a venir por vos Loco! ¿eres idiota o qué?

El Loco se estiró en la silla, miró al techo y luego bajó sus ojos afilados al rostro de su antiguo aprendiz.

—Me parece, Inca, que lo que sucede aquí es que quieres venganza. Lo entiendo. Es lógico. Pero yo no tengo miedo por mi negocio.

Walter se puso de pie de un salto. Estaba enfurecido.

—Eres un idiota. Siempre lo has sido.

Los guardaespaldas del Loco Bautista desenfundaron sus pistolas y los hermanos Flores hicieron lo mismo casi al mismo tiempo. Los cuatro hombres se apuntaban mutuamente y en el medio Walter y Franklin se sostenían la mirada.

—Siempre igual de impertinente, —dijo el Loco— ¿por qué no nos calmamos? —hizo un gesto para que sus hombres guardaran sus armas y el Inca hizo lo mismo para que los hermanos Flores guardaran las suyas. Volvieron a sentarse.

—Sabes que tengo razón, Franklin.

El Loco reflexionó un instante.

—Sí. Es muy probable que, si una rata te delató con el Samurai, tarde o temprano sus sicarios también se den una vuelta por aquí.

—Entonces tenemos que golpearlo primero.

Bautista largó un rezongo fastidiado.

—Está bien. Voy a poner a mis hombres. Pero cuando todo esto termine el reparto del negocio será de setenta para mí y treinta para vos.

—Ni hablar.

—Entonces no hay trato. Muchachos, acompañen a mis amigos afuera.

—Sesenta a cuarenta.

—Sesenta y cinco a treinta y cinco. Última oferta o se retiran. ¿Acaso te pensabas que te iba a ser gratis salirte del negocio y volver cuando te viniera en gana?

—Está bien —concedió El Inca y se puso de pie nuevamente—, vamos. Tú, Franklin, prepara a tus hombres y espera mi aviso. Tengo una idea acerca de cómo vamos a cazar al Samurai.

Salieron.

—¿Sesenta y cinco por ciento del negocio le vas a dejar al Loco? —preguntó Edgar Flores apenas ganaron la calle.

Walter lo palemeó en la espalda.

—No te preocupes gordo, ya nos encargaremos de una buena vez también de mi querido Loco Bautista, pero vamos por partes. Primero el Samurai Jack.

Se metieron en la Grand Cherokee de Walter. En el volante estaba Milton Mamani.

—Llévanos al estudio de Alberto Montero —le indicó el Inca.

El estudio del representante de la banda *Kmaleón* quedaba en una casa residencial bien ubicada en la zona noroeste de la ciudad. Contaba con una entrada con un jardín atravesada por una escalera. Se anunciaron en el portero electrónico y la puerta fortificada se abrió dejándolos pasar. Subieron la escalera y fueron recibidos por una muchacha que sin decir palabra los condujo al sótano donde una pecera de cristal separaba la oficina de Montero de un pequeño estudio de grabación.

—Aquí están, pasen, pasen —los invitó el empresario.

Los hermanos Flores se sentaron uno a cada lado de Walter.

—Antes que nada, dejame decirte que siento mucho lo sucedido —dijo Montero—. Es increíble pensar que ayer mismo estuvimos allí, celebrando contigo hasta la madrugada y luego...

—Sí. Vayamos al punto Montero, —dijo Walter—. Pienso recuperar la villa, echar al Samurai e incrementar las operaciones.

—Me gusta la gente ambiciosa.

—¿Podemos contar con que tus amigos polis no se metan en esto?

Montero sonrió y dejó relucir un diente de oro en el medio del resto de sus dientes híperblanqueados.

—Pero querido Inca, ¿vos te pensás que a la Policía le importa cuando villeros matan villeros? Lo que sí, —dijo y se pasó las manos cruzadas por encima del abdomen— te imaginarás que si se va a incrementar el negocio también se va a tener que adecuar la quinta de los oficiales que tanto velan para que todo salga como es debido. Y en particular, no hinchan las pelotas metiéndose en el medio.

—Desde luego. Eso será arreglado en su momento. Pero el otro motivo por el que vinimos acá es porque necesitamos mano de obra para atacar la villa y matar al Samurai.

Montero largó una risotada incrédula.

—¿Y por eso venís a mí?

—Sé que puedes conseguir gente.

El representante musical pensó un instante.

—Hay un tipo que podría llegar a servirte.

—Te escucho.

Montero se levantó de su sillón y se movió dos pasos hasta una mesita de costado con una botella de whisky y unos vasos. Se sirvió uno y sirvió otros para sus comensales. Volvió a sentarse en el sillón, movió el vaso en la mano haciendo girar su contenido y por fin dijo:

—Es un policía. Mejor dicho, un ex policía.

—Suena bien, —dijo Edgar Flores.

—Sí, muy bien. Es un tipo de cuidado. Lo necesito tener bien controlado. Hace unos años se quiso meter en un temita que tuvimos con la banda *Kmaleón;* se metió en la jaula de los leones podría decirse. En fin, fue una situación sumamente desagradable. Ahora que quedó afuera de la policía no quisiera que se le ocurra volver a reclamarse lo que no pudo terminar en ese entonces.

—Lo que nos estás diciendo es que quieres que te controlemos al ex poli para que no se le ocurra meterse nuevamente en donde no debe.

—Digamos que sería un trato que les convendría tanto a ustedes como a mí. Ustedes consiguen una de las manos de obra desocupada de la Federal más pesada que hay en el mercado y yo me despreocupo de que venga a tocarme el timbre con viejos reclamos.

—¿Dónde está este policía? —dijo Edgar Flores.

—Eso es lo mejor: está haciendo trabajitos muy bajos para su categoría. Cobro de deudas, fotos a maridos infieles, ese tipo de cosas. Será fácil de convencer.

—Me parece bien, —afirmó Edgar Flores. William asintió.

—¿Cómo se llama este ex poli?

—Mario Quiroz —respondió Montero y tomó un trago de whisky—. Le dicen "La Iguana".

Capítulo 5

Imperio Inca

E l asalto a la villa se planificó en esas horas frenéticas que transcurrieron desde el momento en que el Inca Ayala encontró la sorpresa que le había preparado el Samurai Jack y el momento en el que terminaron de arreglarse los últimos detalles apenas unas trece horas después a lo que se le sumaron unas doce horas de descanso que Edgar Flores obligó a tomar a toda la gente para llegar frescos al momento crucial.

Se alquiló un garage deshabitado como aguantadero a apenas unas manzanas de la villa. El trato corrió por cuenta de Edgar Flores que lo concretó en pocos minutos con el Rulo, un delincuente de poca monta más habilidoso para los negocios inmobiliarios ilegales que para los robos al viejo estilo.

La mano de obra fue más difícil de conseguir. El recomendado de Montero no pudo ser localizado en las siguientes horas y el Inca tenía una urgencia entendible en terminar con todo eso cuanto antes. Era obvio que los hombres del Samurai lo habían ido a buscar a él al restaurante y que habían tenido que conformarse con su perro y su novia en cambio. Sabía que en esa situación o bien huía cobardemente o enfrentaba de frente al enemigo, pero quedarse quieto significaba una muerte segura.

Las armas y el camión repleto de comida llegaron pocas horas antes del asalto, cuando el Inca ya caminaba nervioso dando círculos por el playón vacío del garage donde se guardaba con el resto de la banda. El Loco Bautista había aportado a algunos de sus hombres de mayor confianza en su nueva operación y Edgar Flores por su parte había conseguido a un par de muchachos más a quienes había conocido en sus tiempos de guardia de seguridad privada. El Inca sabía que con eso no iban a poder derrotar al ejército del Samurai pero contaba con que su plan le diera el apoyo que le faltaba. Intentaba autoconvencerse de que la operación tendría éxito hablándose a sí mismo en voz baja para darse ánimos.

—El loco parecés vos —le dijo Franklin observándolo desde un rincón.

—Cállate —le respondió agresivo Walter que no estaba para las idioteces de su socio.

—¿Quién hubiera dicho que íbamos a volver a trabajar juntos? y encima en este asunto tan feo —reflexionó el otro, pero el Inca no le contestó. Prefería dejarlo hablando solo.

A las seis y cuarto de esa tarde aparecieron Edgar Flores y su hermano en un camión repleto de comida.

—Es hora —dijo William sin bajarse del asiento del acompañante.

Walter le dedicó una última oración a la Vírgen de los Dolores y se puso de pie. Verificó que su pistola Imbel M973 estuviera cargada y bien aceitada y se dirigió a la parte de carga del camión. Abrió la persiana y subió junto con el resto de la banda.

Milton Mamani, Luis "el Boliviano" Choque, el Ramón "el Gordo" García, Justo Villarroel, Pedro "la Parca" Zamudio, Jaime "Pelado" Moya, Edgar y Williiam Flores, Franklin "El Loco" Bautista y Walter "El Inca" Ayala estuvieron listos arriba del camión y como un ejército de mercenarios que se da ánimos antes de salir de cacería entonaron un grito unísono por la muerte del Samurai. Luego salieron rumbo a la villa.

Walter había decidido dejar de lado de la operación a Ángel "El Tómbola" Quispe a quien ni siquiera se le informó de nada porque tenía la casi segura certeza de que era a través suyo que el Samurai Jack había logrado descubrir que eran ellos quienes le habían estado mojando la oreja desde que el Paraguayo Ramírez había iniciado su retirada antes de morir.

El camión se detuvo en la entrada principal de la villa. El cielo estaba anaranjado y el sol se escondía detrás de unas nubes escuálidas. El alboroto cotidiano de la villa se abría ante ellos con sus construcciones precarias; sus edificaciones de dos y hasta tres pisos en endeble equilibrio; sus barrotes y fierros que sobresalían de los balcones pintados en colores chillones; los anuncios de comidas al paso y el omnipresente barro en el camino nunca asfaltado que fatigaba un carro tirado a caballo que llevaba a Jorgito, el cartonero, y su recolección del día.

William bajó del camión y luego lo acompañó Edgar. Abrieron la puerta del cargamento y los hombres bajaron. Como si fueran un ejército con sus movimientos calibrados y milimétricamente estipulados, comenzaron a bajar las cajas de comida de mano en mano hasta la entrada de la villa donde se paró desafiante Walter Ayala.

—¡Amigos de la villa! —gritó— vengan y sírvanse de esta deliciosa comida peruana, cortesía de *El cajamarquino*, el mejor restaurante porque es el único que piensa en ustedes.

Al principio los primeros en aproximarse corriendo al camión fueron los niños que andaban jugando con una pelota de trapo por la zona; le siguieron sus padres que quisieron comprobar de qué se trataba semejante alboroto y luego comenzó a correrse la voz de que Walter Ayala, El Inca, estaba regalando comida y que había vuelto a la villa.

Como si se tratase del hijo perdido que había vuelto a casa, los vecinos de la villa comenzaron a rodearlo para agradecerle su generosidad y saludarlo porque por fin había vuelto. Walter sonreía. Por primera vez desde que había llegado allí sentía que todo había valido la pena. Las cajas de comida se fueron yendo al interior de la villa por un ejército de vecinos que parecían hormigas cargando alimento al hormiguero y en la medida que se fueron acabando las cajas para repartir la banda del Inca se fue posicionando alrededor suyo generando una pared humana que lo resguardaba.

Entonces, al fondo del largo pasillo se vislumbraron tres figuras moviéndose con serenidad y armas largas.

En la punta del triángulo estaba Feliciano "el Manteca" Díaz y lo seguían Quimey Rodríguez y El Cuervo Raúl.

Era el comité de bienvenida del Samurai Jack.

***

Los tres hombres del Samurai se detuvieron en la entrada la villa. Un rumor comenzó a alzarse entre los que todavía se repartían comida y la franja humana que se había formado ante el camión de Walter se abrió para dejar paso a los dueños del territorio.

—Hay que admitir que tenés pelotas, Ayala —alzó la voz el Manteca.

—No sé de qué hablas.

—No te hagás el boludo. Aparecerse acá, de este modo.

—Es que nos sobró de la fiesta de aniversario.

—Muy linda la fiestita, pero se terminó.

—Eso está claro.

Entonces todo quedó en silencio como si los cientos de personas que estaban amontonadas allí se hubieran quedado mudas o estuvieran muertas. La tensión escalaba en el ambiente y se podía palpar, era como una electricidad exasperante que se movía ida y vuelta entre el comité de bienvenida del Samurai y la gente de Walter.

—Que aparezca el Samurai y nos vamos —dijo por fin el Inca.

El Manteca escupió al piso.

—¿Y si no quiere aparecer?

—Entonces lo vamos a hacer salir como a la rata que es —dijo Walter y dio un paso adelante.

El Manteca subió el rifle a la altura del pecho del peruano.

—Dale, haceme el favor, facilitarme el trámite. Al Samurai sólo le importan ustedes dos —dijo barriendo con el rifle en el aire apuntando primero a Walter y luego al Loco Bautista —los mercenarios tendrán una amnistía de parte del propio Samurai y podrán servirlo si así desean.

Un murmullo empezó a despertar nuevamente entre la gente de la villa hasta que por fin un tipo flacucho y alto alzó la voz:

—Me parece que el Samurai no está entendiendo la situación —dijo y sus palabras fueron seguidas por una aprobación generalizada —acá, Walter Ayala ha sido siempre un buen vecino y lo demuestra una vez más al haberse venido a traernos esta comida riquísima.

Quimey Rodríguez le dijo algo por lo bajo al Cuervo Raúl.

—Cállense ustedes dos —los chistó el Manteca que ahora empezaba a transpirar. Las gotitas perladas de sudor se le acumulaban debajo de la papada y entre el vello que escapaba de su infaltable camisa hawaiana abierta a la altura del segundo botón.

Habían calculado mal la situación y ahora Walter sabía que tenía el control. Sabía que para ganar esa guerra iba a necesitar el apoyo de la villa. Y también sabía que se lo había ganado.

La tensión volvió a surcar el ambiente, pero ahora la gente se movía y había pasado del murmullo a las palabras en voz alta y el malestar se iba concentrando.

Doblando por una esquina, apareció en el pasillo principal el pastor Guzmán.

—¿Qué es todo este revuelo? —dijo fingiendo sorpresa.

—Usted no se meta, hermano —dijo con evidente nerviosismo el Manteca Díaz.

—¿Walter? ¿sos vos? —respondió Guzmán ignorando al otro.

—El mismo que ha visto.

—Esta es una bendición de Dios. ¡Miren lo felices que están todos! Este hombre —dijo el pastor acercándose hasta Walter hasta pellizcarle una mejilla —este hombre ama a la villa y a sus vecinos y por eso ha vuelto.

Una aprobación general se hizo sentir entre los vecinos.

—Y lo único que pido —dijo Walter con falsa modestia —es que aparezca Evelio Santos. El Samurai Jack. Se ha portado muy feo conmigo. Y también el Cinco Dedos.

Un tímido silbido desaprobatorio se alzó de entre la pequeña multitud que luego fue acoplada por más y más manifestaciones de repudio.

Quimey Rodríguez no esperó más y corrió en dirección opuesta, perdiéndose por los laberínticos pasillos de la villa.

—¡Cagón de mierda! —le gritó el Manteca Díaz impotente ante la fuga de su guardaespaldas. Pero entonces vio que el Cuervo Raúl estaba dudando de hacer lo mismo y sin más él también comenzó a correr.

El Manteca Díaz quedó inmovilizado, en pánico, el rifle FAL temblaba en su mano.

Walter le tendió una mano:

—Dame el rifle y te garantizo que vivirás para contarle acerca de este día a tus hijos.

El hombre dejó caer el arma y corrió siguiendo los pasos del Cuervo Raúl y Quimey Rodríguez.

Se alejaba cuando una bala le atravesó la espina dorsal partiendo su espalda y haciéndolo caer de bruces contra el piso en un charco de sangre.

Una exclamación de horror sacudió a los espectadores.

—¡¿Qué carajo fue eso?! —gritó Walter Ayala.

La Parca Zamudio sostenía su rifle FN-FAL del que se desprendía una voluta de humo blanco.

—Justo en el blanco —dijo satisfecho.

—¡Le prometí que iba a vivir si dejaba su rifle!

La Parca alzó los hombros.

El pastor Guzmán se acercó a Walter y le comentó al oído:

—Después te encargás de este pelotudo, ahora tenés otros problemas.

Y apenas terminó de decir esto una balacera se desencadenó desde el núcleo de la villa. Los vecinos que todavía seguían allí comenzaron a correr buscando refugio y la confusión fue total en cuestión de segundos.

Walter y sus hombres comenzaron a responder el fuego enemigo aunque no estaban seguros de dónde provenían las balas.

—Hay que avanzar —dijo el Loco Bautista y Walter corrió hasta el camión en el que habían llegado.

—¡Todos arriba! —gritó.

Los hombres se subieron al camión y Walter pisó el acelerador para meter de prepo el armatoste por el camino de la villa. Las balas se incrustaron en la carrocería, reventaron las cubiertas y el parabrisas. El Inca detuvo el camión y abrió la puerta con la que se cubrió mientras disparaba en dirección a los agresores que ahora los sabía más cerca.

Un grito de dolor se quebró en medio de la tarde.

—Ahora, vamos —dijo el Inca y los hombres bajaron del fondo del camión, avanzando en una lluvia de balas que alcanzaron sus blancos. La gente del Samurai Jack se estaba retrayendo y de la entrada de la villa se acercaban corriendo, con pistolas y revólveres en la mano, vecinos que se sumaban al ataque de Walter.

—¡Muerte al Samurai! —gritó uno de los recién llegados y corrió disparando hacia adelante hasta que fue alcanzado por una bala que le reventó la cabeza.

Justo Villarroel, Milton Mamani, el Gordo García y el Pelado Moya avanzaron en cuatro patas por el flanco izquierdo sin dejar de disparar mientras que Walter, Franklin y los hermanos Flores atacaron por el derecho. La Parca Zamudio y el Boliviano Choque se quedaron en el camión cubriendo el avance de los otros y la villa pronto se convirtió en un infierno de sangre por las callejuelas y caminos de tierra.

La gente del Samurai intentaba esconderse en las casillas, pero eran repelidos por los vecinos que los echaban a la calle donde recibían el fuego cruzado cuando no eran liquidados de inmediato por los propios dueños de casa.

—¡Se terminó el reinado del terror del Samurai! ¡Esto es en venganza por La casita de la masacre y tantas de sus injusticias! —gritó Walter y sus palabras despertaron gritos de aprobación en el resto de los villeros.

Los invasores avanzaban limpiando los últimos restos de resistencia del Samurai y Walter guio el camino hasta el Paredón de Sánchez.

Detrás de la cortina del kiosco de Sánchez llegaron nuevos disparos y uno se clavó en el centro del pecho del Pelado Moya que cayó muerto en el lugar. Walter hizo una seña y sus hombres se pegaron al paredón de pintura descascarada.

—Edgar —le dijo.

El otro asintió con la cabeza. Buscó en la mochila que llevaba hasta que encontró la granada de mano, le sacó el espolón y dando unos pasos que fueron cubiertos con el fuego conjunto de toda la banda de Walter la arrojó por la ventana apenas abierta del kiosco por donde salían las balas de la gente del Samurai.

La explosión fue seguida de gritos de dolor y muerte y una brecha se abrió en la pared del kiosco. Como un pelotón de fusilamiento, los hombres de Inca y el Loco se formaron en fila para cubrir de balas el interior del kiosco de droga hasta que no quedó nadie vivo en el interior.

La villa ya era casi suya. Vecinos llevando prisionero a hombres del Samurai los rodearon por todas partes.

Walter comprobó las municiones que le quedaban.

—Sólo falta matar al rey —dijo.

***

—Nuestra gente y los vecinos ya reventaron todos los aguantaderos del Samurai —dijo el Loco Bautista.

—Y no hay rastros de él en ninguno —completó William Flores.

—Quizás se escapó.

—No. No se escapó —dijo con frialdad Walter —y se me ocurre dónde puede estar.

Se cercioró de tener la pistola con munición y se desentendió de la pequeña multitud que se había agrupado alrededor del paredón de Sánchez.

Franklin corrió detrás de él.

—¿A dónde vas?

—A matar al Samurai, ¿a dónde más?

—No pensarás en ir solo.

—¿Quieres venir conmigo?

Franklin y Walter no dijeron más nada y ambos se metieron por un pasillo lateral del laberinto villero. Walter sabía exactamente a donde ir y cuando llegaron al páramo al borde del límite de la villa con el camino Franklin la reconoció.

—Aquí es donde les mejicaneamos la droga.

—Esto termina donde comenzó.

Los dos hombres se dirigieron al trote, con sus pistolas en alto, hasta la casucha fortificada y la rodearon por ambos lados.

Adentro se escuchaba un murmullo de voces muy bajas. Walter no esperó más y entró pateando la puerta de entrada. Una nueva balacera sacudió el ambiente y Walter escapó del plomo por milímetros. Se arrojó al piso, empujó una mesa al piso y se cubrió con la madera que pronto se llenó de astillas. Franklin que no había previsto el movimiento del Inca se acodó al lado de la puerta derribada y asomando la mano disparó sin blanco hacia el interior.

Las balas cesaron y un silencio ganó el ambiente.

—¡Samurai! Se que estás aquí. Sal de una vez, hijueputa —gritó Walter y sus gritos recibieron una nueva lluvia de balas como respuesta. Cuerpo a tierra se movió por el piso hasta salir de la casilla y se acodó en el otro lado de la puerta.

—Esa no fue tu jugada más inteligente —le reprochó El Loco Bautista.

—Cállate causa y sigue disparando.

Volvieron a cruzar disparos.

—Ayala —se escuchó una voz proveniente del interior de la casilla —podemos estar así lo que resta del día.

—O hasta que se acaben las balas.

—También.

—Pero yo tengo a la gente que no te quiere ni un poco, Evelio —dijo Walter remarcando la pronunciación del nombre del Samurai.

—Arreglemos este asunto como hombres.

—¿Qué propones?

Entonces a espaldas de Walter y Franklin apareció la punta de un rifle que los apuntaba.

—Vamos, de pie —dijo Rusvel El Cinco Dedos —las armas en el piso.

—¡¿Esta es tu negociación?! —gritó Walter.

El Samurai Jack asomó la cabeza y luego el resto del cuerpo que había estado refugiado detrás de un sillón destartalado.

—Así me gusta —dijo y se agachó para tomar su katana —vamos a divertirnos esta tarde. Como nos divertimos con tu hembrita.

Walter Ayala lo miró lleno del mayor odio que había sentido nunca por nadie.

—Te voy a matar —dijo.

—Callate —lo espetó El Cinco Dedos golpeándolo con la culata del rifle en la nuca.

—Tú también morirás. Lo que le has hecho a mi Quijada...

El Samurai midió el filo de la katana pasando un dedo por la hoja de acero.

—Ustedes dos fueron buenos rivales. Lograron robarme la droga y montar una operación ante mis narices sin que me diera cuenta. Muy bien. Y han llegado hasta aquí doblegando a mis hombres, eso también tiene su mérito. Pero acá se termina el juego.

—Oye Franklin —dijo Walter.

—¿Qué?

—¿Recuerdas cómo te pusimos tu apodo?

—Cállense.

—Sí —respondió Franklin —fue cuando dije que debía estar loco para dejar ir a Natalí viva.

—¡Pues es buena hora para hacer una locura! —gritó Walter y con un codazo desvió la punta del rifle del Cinco Dedos. El disparo se incrustó en el techo produciendo una quemadura de calor en la espalda del Inca que se arrojó al piso. Franklin también se arrojó al piso y barrió con una patada al Cinco Dedos que con su única mano intentó en vano mantener el equilibrio. El rifle cayó al piso y Walter se apresuró a tomarlo. El Samurai corrió con la katana en alto en dirección a Walter que en ese instante le disparó en los testículos reventándoselos en una bola de sangre y dolor que lo arrojó al piso.

Franklin se arrastró hasta tomar del brazo que todavía conservaba una mano del Cinco Dedos y la atrapó para impedirle cualquier movimiento mientras el hombre pataleaba en el piso. Walter no lo dudó y le disparó en el estómago. Rusvel desgarró el aire con un grito de dolor que se sumó al del Samurai.

Empapados de sangre, Franklin y Walter se encontraron de pie, con sus enemigos imposibilitados en el piso.

—Hay que rematarlos —dijo Franklin.

—Ya lo creo —le respondió el Inca y le pasó el rifle— sostenme esto —dijo y tomó la katana que había caído a pies del Samurai Jack.

El Inca dio unos pasos con el sable, lo midió y lo sopesó y sin decir palabra y con un movimiento seco seccionó la cabeza del Cinco Dedos. La tomó en la mano de los pelos y la llevó hasta donde se doblaba de dolor el Samurai Jack.

—¿Ves esto Evelio? ¿Sabes lo que haré con esto? Te lo voy a contar porque lamentablemente no llegarás a verlo, pero te aseguro que el resto de la villa lo verá. Te cortaré a ti también y coseré la cabeza de Rusvel a tu cuerpo y la tuya al del Cinco Dedos. ¿Qué te parece eso?

El Samurai escupió sangre en una de sus últimas convulsiones y entonces Walter volvió a subir la katana por encima de su cabeza.

—Lo haré ahora, no quiero que te me mueras antes de que te mate —y dicho esto hizo descender el sable sobre el cuello de Evelio Santos desprendiendo su cabeza del resto del cuerpo en una explosión de sangre que le cubrió el rostro.

Durante unos instantes se mantuvo en la misma posición, sosteniendo con ambas manos la katana horizontal contra un último resto de piel y tendón que separaba el filo de la hoja del piso.

—Esto no se termina de desprender —dijo y serruchó con el filo hasta que por fin la cabeza del Samurai Jack estuvo completamente cercenada.

Desde afuera de la casilla se escuchaban voces que se aproximaban y por la puerta aparecieron los hermanos Flores.

—¿Qué pasó acá? —preguntó incrédulo William ante el panorama que se les presentaba, con dos cadáveres decapitados y sangre por todas partes.

—Cállate y consígueme agujas de tejer y un hilo bien grueso que tenemos trabajo que hacer.

***

Los cuerpos del "Cinco Jacks" y el "Samurai Dedos" como fueron rebautizados por el ingenio popular los troncos y extremidades de Rusvel "El Cinco Dedos" Condori con la cabeza de Evelio "Samurai Jack" Santos cosida y el cuerpo del ex capo de la villa con la cabeza de su lugarteniente cosida, pasearon esa noche por toda la villa en el espacio de carga de una Isuzu Pick-Up que avanzó por todos los recovecos de la villa a los bocinazos y el sonido de la cumbia de grupo *Kmaleón*, anunciando el final del reinado del Samurai Jack.

Había un nuevo dueño de la villa y ese hombre era Walter "El Inca" Ayala.

***

El Inca Ayala comprendió pronto que la venganza era satisfactoria, pero al mismo tiempo incompleta, como todas las cosas agradable de la vida.

Ahora, junto con el Loco Bautista, eran finalmente los dueños de la villa. Manejaban el territorio a través de un acuerdo aceitado entre la policía, el pastor Guzmán los hermanos Flores y La Parca Zamudio quienes asumieron como representantes, los dos primeros de Walter y el último de Franklin, como capitanes de las dos grandes secciones en las que todavía estaba dividida la villa desde la guerra entre el Paraguayo Ramírez y el Samurai Jack. La estrategia de Walter había resultado finalmente: dejar que se debilitaran entre ellos y luego disputar el dominio al sobreviviente. Pero no era así como lo había querido cuando había decidido dejar el juego e irse a poner su restaurante. El Loco Bautista no lo dudó y pronto la villa se llenó de cocinas de cocaína que facilitaron la entrada y distribución del producto que ya no tenía que venir en su totalidad procesado a través de desde Perú.

—La coca nos da el dinero —dijo Walter reflexionando en su escritorio frente a los hermanos Flores y junto a un nuevo pitbull terrier de color gris como el que había sido asesinado por El Cinco Dedos y a quien el Inca también había bautizado como el difunto: Quijada —pero el negocio que nos gusta llevar es el restaurante a mí y el juego al Loco.

—Eso lo decís ahora, —le espetó Edgar— pero ya vas a ver qué te gusta más.

Walter asintió y pidió quedarse solo para meditar. La muerte de Natalí lo había afectado incluso más de lo que estaba dispuesto a aceptar.

A la semana de conquistada la villa, mientras viajaba desde su casa que ahora le parecía inmensamente solitaria al restaurante, una moto pasó al lado de su vehículo y descargó una ráfaga de UZI contra el lugar donde iba viajando. Sólo lo salvó la impericia del sicario y el blindaje del automóvil, pero el Inca entendió que todavía quedaban elementos de la banda del Samurai que buscaban vengarse y reclamar el trono de la villa.

Quimey Rodríguez nunca había podido ser encontrado durante el ataque y los rumores indicaban que estaba reagrupando a otros antiguos soldados del Samurai.

Walter llegó ofuscado al restaurante e hizo llamar a Edgar Flores.

—¡Casi me bajan!

—Nos vamos a ocupar de limpiar lo que quedó sucio —respondió el gordo enorme a través de sus labios rechonchos.

—Quiero alguien que me cubra las espaldas. No me termino de fiar de Mamani.

—Está el ex policía que nos recomendó Montero.

—¿Ese que le decían el cocodrilo?

—La Iguana. La Iguana Quiroz.

—Encárgate.

Tres días más tarde apareció Edgar Flores acompañado de un hombre de casi sesenta años, bigote negro bien recortado, tupidas canas a los costados de la cabeza y expresión de cansancio, pero al mismo tiempo de seguridad y autosuficiencia.

—Walter, te presento a Mario Quiroz —los presentó.

El Inca le extendió la mano, pero el recién llegado se abstuvo.

—Toma asiento —lo invitó Walter y el ex policía así lo hizo —entonces, tú eres la tal Iguana.

—Y vos el Inca Ayala, el nuevo dueño de la villa.

—Pensé que la fama sólo te precedía a ti.

—Digamos que ni vos ni tu socio se caracterizan por su discreción.

A Walter ese tipo le gustó de inmediato.

—Se le nota lo de policía.

—Y a vos lo de delincuente.

Edgar Flores se llevó la mano a la cintura buscando la pistola, pero Walter levantó la mano en un gesto para que se detuviera.

—Está bien. Es un hombre que no tiene miedo de venir y jugarse la vida por una fanfarronada.

—Entonces, ¿vamos a hacer negocios juntos o me hicieron venir para perder el tiempo?

Walter Ayala largó una carcajada sonora.

—¡Claro que vamos a hacer *bisnes mai frend*! —dijo. —Siempre que estés dispuesto a guardarme las espaldas.

—Hice cosas peores que cuidar las espaldas de un pequeño malandrín como vos. Si la plata es buena, te aseguro que nadie te va a tocar un pelo. Al menos mientras yo esté a cargo.

—¡La platita está querido Mario! —dijo Walter entusiasmado— ¿Sabes Edgar? me gusta este hombre.

Brindaron con pisco sour por el acuerdo y apenas terminaron sus copas catedral Walter abrió el cajón de su escritorio y sacó una pistola 9 mm que le extendió sobre la mesa a Quiroz.

—Tómala. Empiezas ahora mismo.

El expolicía la tomó, la revisó y se cercioró que estuviera cargada y en condiciones.

Walter se puso de pie.

—Ahora vamos, ya mismo tenemos trabajo que hacer. Edgar, dile al Tómbola y a tu hermano que bajen al subsuelo. Tú Mario, ven conmigo.

Bajaron las escaleras hasta el depósito del restaurante. Entre cajones repletos de verduras y gaseosas.

Esperaron un rato. Quiroz buscó un cigarrillo y lo colgó de sus labios.

—¿Me vas a pagar para que nos quedemos viendo cómo se pudren los tomates?

—Calma hombre ansioso. Sólo quiero que veas algo.

Por la escalera aparecieron las piernas primero del Tómbola y luego de los hermanos Flores.

—Ponte a un lado Mario —le indicó Walter y fue al encuentro de los otros tres hombres.

Alzando los brazos como si estuviera abrazando al aire, Walter se dirigió al Tómbola.

—¡Ángel! Mi querido Ángel. Hace varias semanas que no nos vemos.

—Sí —dijo el chico como resaltando una obviedad.

—Ven, ven conmigo. Ustedes también amigos Flores. Los reuní aquí porque quiero contarles un cuento.

—¿Un cuento? —dijo incrédulo el Tómbola.

—Un chiste como le dicen aquí. A ver si lo saben: ¿En que se parecen las mujeres a los cangrejos? ¿alguien sabe?

Los tres hombres negaron con la cabeza. Quiroz veía aburrido la escena a un lado.

—¿En qué se parecen las mujeres a los cangrejos?

—¡En que son solo piernas y en el cerebro tienen porquería! —gritó Walter y los hermanos Flores estallaron en una carcajada que fue acompañada por la propia risa descontrolada del Inca.

El Tómbola no rio. No entendía qué estaba sucediendo ni por qué reían.

Los chistó, molesto, ladeando la cabeza, mirando hacia el piso, avergonzado por no comprender qué era lo gracioso. Era su cabeza, siempre le habían dicho, era medio tonto, por eso no entendía los chistes y le molestaba que los otros se rieran así porque sentía que se estaban riendo de él y de su tontera.

—¿Qué pasa? ¿no te gustó mi cuento? —preguntó Walter.

—Es que... no estoy de humor —dijo el bobalicón.

Walter no respondió con palabras, pero sí con su puño cerrado que se estrelló contra la nariz del Tómbola que recibió el impacto con sorpresa y no atinó a responder. Fue su error fatal. Al primer puñetazo le siguió otro y luego otro y otro hasta que el chico cayó al piso con el rostro ensangrentado y una vez allí fue una sucesión de patadas y puñetazos en la cabeza, las costillas, el cuello y el pecho de un Walter Ayala enloquecido de furia hasta que ya no hubo respuesta y comprobaron que estaba muerto.

Walter tomó aire, sintiéndose por fin relajado.

—¿Saben por qué las mujeres son electrizantes? —dijo.

Ninguno de los dos hermanos respondió.

—Por lo corriente —dijo Ayala y rio acompañado nuevamente por los Flores.

El Inca echó una mirada al cadáver del Tómbola.

—Llamen a Milton para que se encargue de este —dijo y comenzó a subir la escalera. Se detuvo a mitad de la subida y se dio vuelta —ese había sido el último en responderme con fanfarronería antes que tú esta noche Quiroz. Ahora vamos —concluyó.

***

El Loco Bautista estaba acostado con Santiago, su nuevo juguete sexual. Era un boxeador aficionado por el que había apostado un buen dinero y que por fin estaba escalando en el ránking, ganando por nocaut todos los encuentros que había tenido desde que él se había encargado de ponerle un gimnasio y un entrenador para que desarrollara ese potencial salvaje que le había visto en las peleas ilegales.

—Vos y yo vamos a ganar mucha guita, nene —le dijo Franklin acariciando los pectorales desnudos del chico acostado a su lado.

La puerta de la habitación se abrió de golpe y la Parca Zamudio interrumpió la intimidad.

—¡Pero la puta madre Zamudio! ¿Qué carajo?

El recién llegado no hizo caso:

—El Tómbola está muerto.

—¿Muerto?

—Lo mató a golpes el Inca Ayala. No se habla de otra cosa.

—¿Estás seguro? —dijo el Loco buscando sus calzoncillos en el piso —vamos, Santiaguito, después seguimos, esto es importante —le indicó a su amante que sin decir palabra buscó en el piso su ropa.

Franklin se puso los pantalones a toda velocidad.

—Muerto, muerto, muerto. Parece que quedó hecho un amasijo de carne después de la paliza que le dio el Inca.

—Bah, yo podría cargarme al Inca ese con el puño limpio —reflexionó Santiago desde la otra parte de la habitación.

—Callate nene, no te metas en conversaciones de grandes —le espetó el Loco Bautista —¿qué más se dice, Parca?

—Que fue para darle una lección a su nuevo guardaespaldas.

—¿Y nada más? —se colocó una camisa blanca, y comenzó con las medias y los zapatos.

—Sí. Dicen que se la tenía jurada porque lo vendió al Samurai.

—Perfecto —dijo excitado Franklin.

—Me voy. Tengo que volver con mi novia —dijo el boxeador.

—Claro ¿un besito de despedida? —lo detuvo el Loco tomándolo de la mano al paso. Santiago le dio un beso en la boca.

—Chau pichón, llamame —le dijo mientras tomaba el saco colgado en el respaldo de una silla. Se ensalivó la mano y se la pasó por el cabello —pobre Inca. Su talón de Aquiles siempre fue la ingenuidad. En el fondo es demasiado inocente. Pensar que ese pobre infeliz del Tómbola lo pudo haber traicionado cuando apenas sabía pronunciar su nombre. Un poco me apena por el chico, fue útil cuando empezamos en el negocio. Pero más útil nos fue ahora que le dio una excusa al Inca para volver al juego y ayudarnos a limpiar al Samurai. Ahora que el Inca se quede con su restaurante de mierda mientras nosotros nos encargamos de la villa. ¿Estás listo? ¿vamos?

***

El Inca Ayala se sintió seguro con el expolicía guardándole las espaldas durante los primeros días. Era un profesional seguro, callado y confiable y sobretodo, tenía pinta de no ser como esos perros que andan metiendo la nariz donde no les corresponde.

El Samurai Jack y su gente estaban muertos. El Tómbola estaba muerto. Pero todavía quedaba Quimey Rodríguez por ahí, ansioso por ponerle la bala en la cabeza con la cual consumar la venganza y quedarse con el control de la villa. El expolicía no dejaba sola su sombra en ningún momento, pero el Inca comenzó a sentirse paranoico, esperando que a cada cruce de esquina pudiera salir una nueva motocicleta con un sicario que esta vez no fallaría o que en cada esquina oscura se escondiera el antiguo lugarteniente del Samurai. Podía contar con la profesionalidad de Quiroz, pero las balas rompen a todos los seres humanos por más experimentados que estos sean.

Edgar Flores había estado moviéndose, intentando localizar al prófugo para matarlo, pero no había logrado ningún avance.

—Desapareció —dijo el gordo cansado mientras se sentaba en la silla de visitas en la oficina de Walter.

—¿Cómo que desapareció?

—Nadie sabe dónde se metió.

—¡Pero tú eres un caído del palto! ¿Cómo puede ser que un tipo como Quimey Rodríguez, armado, buscado por la policía y por nuestra gente, se haya esfumado?

—Es lo que es —dijo Edgar resignado— se rumorea que la policía lo está bancando.

Mario Quiroz contemplaba la escena sin decir palabra parado a un lado de Walter.

—¿Y para qué querría la policía darle protección?

—Quizás quieren estirar nuestra guerra, esperar que nos matemos todos.

El Inca golpeó el escritorio con el puño cerrado.

—¡Mierda hijueputa! ¡Mira las idioteces que me dices!

Edgar no respondió.

—¿Tú qué dices? —lo interrogó el Inca a Quiroz.

El expolicía se aclaró la garganta.

—Digo que todo se puede encontrar y que si la policía lo está protegiendo es por plata o droga. No por amor ni estrategia.

—¡¿Lo ves?! —le gritó Walter a Edgar— este hombre sí que sabe lo que dice. Entonces, Mario querido, puedes traerme el cadáver de Quimey Rodríguez.

El gordo Flores largó un bufido ronco.

Quiroz lo miró de reojo y optó por ignorarlo.

—Claro que podría. Pero ese es otro precio.

—¿Acaso no quieres hacerlo?

—No dije que no quisiera hacerlo, sino que te va a costar.

Walter largó una carcajada y reclinó su silla ejecutiva detrás del escritorio en dirección a la pared.

—Pero Quiroz, ya te he dicho que la pasta no es problema, mi causa.

—No soy tu causa.

El Inca se puso serio, abrió un cajón y sacó un fajo de billetes.

—Lo quiero rápido. Llévate a esta bola de grasa a ver si le enseñas cómo se hace un buen trabajo.

—No. Trabajo solo —dijo Quiroz mientras tomaba el dinero de la mesa. Revisó los billetes, los contó, lo guardó en su bolsillo y salió de la oficina.

Walter Ayala y su capitán Edgar Flores se quedaron en la oficina del peruano.

—Me encanta este hombre —dijo el Inca.

—Yo no me fiaría del todo. Nunca hay que olvidar que nació policía.

—¿Y eso qué? ¿no has visto su hoja de servicio? Tiene más cadáveres en el placard que tú, yo y el Samurai Jack juntos.

—Policía nace, policía muere —dijo Edgar y se puso de pie para salir de la oficina.

Durante cuatro días no hubo noticias de Quiroz y Walter, inquieto, consultó con Edgar que con regocijo le comentó:

—Nadie lo vio. Nadie sabe nada. Quizás sólo se llevó el dinero y se marchó.

—No digas idioteces.

Al quinto día de la desaparición de Quiroz, William Flores estaba viendo la televisión, completamente aburrido, en el primer piso del restaurante cuando vio la noticia: había aparecido muerto el último lugarteniente del también asesinado capo narco Evelio "el Samurai Jack" Santos y se sospechaba de un ajuste de cuentas. En pantalla apareció el cadáver de Quimey Rodríguez que tenía un único impacto de bala en la nuca y había aparecido en la puerta de una Iglesia.

Esa misma tarde Mario Quiroz volvió a aparecer en el restaurante y apenas lo vieron llegar, Walter salió a la calle a saludarlo.

—¡Bien hecho!

—Sólo hice el trabajo por el que se me pagó —dijo impasible.

Todo fue diferente a partir de esa noche. El Inca se sabía seguro y sin enemigos que pudieran hacerle sombra por el control de la villa y el negocio y si bien los primeros días de esa recobrada seguridad lo tuvieron eufórico, al cabo de un tiempo esa tranquilidad derivó en aburrimiento y luego en el recuerdo de la ausencia de Natalí. Pasaba horas en silencio, recordándola, intentando no mostrar el dolor que llevaba por dentro delante de sus hombres y entonces, una noche Ping Chung "el Chino" Lee, uno de los transas de la villa que había reclutado luego de reclamar el reinado, llegó al restaurante con una chica. El Chino que en realidad era tan peruano como Ayala y descendiente de padre japonés y madre peruana, solía pasar por el restaurante del jefe a cenar cuando se encontraba particularmente melancólico respecto de su país. La chica que lo acompañaba esa noche era una morocha de ojos verdes y mirada perdida por la droga. Pero ni toda la cocaína de primera que había consumido esa noche, porque el Inca sabía que tenía que haber sido su producto el que la chica había consumido, podían disimular detrás de esos ojos vidriosos y perdidos el carácter fuerte y decidido de la muchacha.

Walter la vio llegar desde la mesa que tenía siempre reservada en el salón de su restaurante, a un lado y al fondo, justo frente a la puerta que comunicaba con el pequeño pasaje al primer piso. Los vio llegar, entrar, sentarse y ordenar y sintió una especie de oleada de ansiedad subiéndole por el pecho. La muchacha era idéntica a Natalí. Era la viva imagen de la Natalí que había conocido hacía diez años en el McDonald's, sólo que la morocha que comía a desgano un pollo punto al cuy, tenía un aspecto de abatimiento y melancolía que nunca le había conocido a Natalí.

Una oleada de sensaciones contradictorias le atravesó el cuerpo a Walter. Esa mujer era como si Natalí hubiera vuelto de la tumba. Como si tuviera algo que decirle desde su lugar en la muerte y por eso había aparecido allí. Observó al Chino hablando con ella y de pronto sintió una sensación de acidez subiéndole por la garganta hasta la boca. No pudo volver a tragar bocado y cuando el transa y la mujer terminaron de cenar, se levantaron y salieron, el Inca sintió que la sangre se le alborotaba, el corazón le golpeaba con más fuerza en el pecho.

Había escuchado toda la conversación que habían tenido el Chino y la morocha. Supo que ella tenía el corazón roto porque su novio, un tal Santiago, la había dejado por su mejor amiga. No le costó deducir que esa noche se estaba vengando de él. También supo que se llamaba Lucía y que iba a ser suya.

***

Esa noche Walter no pudo conciliar el sueño. La cama estaba demasiado vacía sin Natalí y el recuerdo de la morocha que había cenado con el Chino Lee le volvía una y otra vez a la cabeza. Lucía. Lucía. Lucía. Ese nombre. Esa mujer que era tan parecida a su amor perdido.

Había reemplazado al Quijada original con este otro perro al que también había llamado Quijada y que ahora dormía a los pies de la cama tan vacía y fría.

Dio unas vueltas más en la cama y decidido a que no podría descansar hasta que hiciera algo con esa angustia, buscó el teléfono en la mesa de luz y marcó el número de Edgar Flores.

—¿Qué tal causa?

—Jefe. No pensé que fuera a llamar a esta hora.

—¿Estás ocupado?

Del otro lado de la línea se escuchó una voz de mujer preguntando "¿quién es?"

—No pasa nada. Me estaba divirtiendo nada más con una chica del Rocky.

—¿La conozco? —dijo Walter melancólico.

—Jenny Joanna.

—Jenny Joanna. Mándale mis saludos. Linda mujer.

—Le mando.

—Te llamo por una mujer. Otra mujer.

—Escucho.

—Una morocha. Anduvo por el restaurante con Ping Chung.

—¿El Chino? ¿hay que matar a la chica con la que anda o es a él al que le llegó la hora del beso de plomo?

Walter se sintió complacido. Edgar y su hermano William harían cualquier cosa por él. Pero Edgar era más eficiente.

—De momento no. Solo quiero saber todo de ella. Lo único que sé es que se llama Lucía, que su novio le rompió el corazón, un tal Santiago y que parece ser la nueva conquista del Chino.

—Entendido —dijo Edgar y cortó la comunicación.

Walter pasó los siguientes tres días sentado en su mesa reservada esperando la posibilidad de que el Chino volviera a aparecer con la morocha, repitiendo la situación irreal que había vivido la primera vez que la había visto, trayendo nuevamente a Natalí desde donde fuera que estuviera.

Pero el Chino no volvió a aparecer en el restaurante y, por esos días, tampoco nadie lo vio en la villa acompañado de Lucía.

Edgar Flores por fin apareció un mediodía. Entró al salón y sin pedir permiso se sentó frente a Walter que acababa de terminar de almorzar un seco de carne.

—¿Qué me tienes?

—Averigüé sobre la chica. Lucía Zabala. Tiene veinticinco años. Es de Moreno. El tal Santiago es Santiago "Pared de Ladrillos" Perutto. Un boxeador que empezó en los circuitos callejeros y ahora está siendo apadrinado por tu socio.

—¿Mi socio?

—El Loco Bautista.

—Hijueputa. La puta madre —dijo Walter acalorado— ese tenía que estar atrás de todo esto.

Edgar se acomodó en la silla incómodo.

—No lo sé. No encontré relación alguna entre el Loco y la chica.

Walter desconfiaba. El Loco Bautista había seguido haciendo sus negocios y él los suyos. Su convivencia era formal pero distante y Walter empezaba a sentir que en algún momento esa tensión finalmente estallaría.

Entonces por la puerta del restaurante apareció el Chino Lee que se dirigió directamente hasta la mesa donde conversaban Walter y Edgar.

—¿Me puedo sentar? —dijo insolente.

Walter le señaló una silla expectante. Si había venido porque se había enterado de que Edgar había estado hurgando acerca de Lucía, esa conversación no iba a terminar bien.

—Nunca le pedí nada don Inca —dijo intentando disimular unos nervios evidentes —pero aquí estoy hoy.

—Te escucho —dijo Walter llevándose la mano a la cintura tanteando la pistola.

—Necesito permiso para cargarme a un tipo. Es el ex novio de la chica con la que ando y nada la haría más feliz a ella que el hijo de puta que la hizo sufrir y la amiga con la que la está cagando mueran. Y si ella es feliz, va a poder estar conmigo.

Las comisuras de los labios de Walter Ayala comenzaron a levantarse lentamente hasta convertirse en una sonrisa que le ocupaba toda la cara como hacía meses que no le sucedía.

***

Dos días después la portada de todos los diarios de la ciudad daban cuenta de la noticia: la promesa del boxeo Santiago Perutto y una mujer que lo acompañaba habían sido acribillados en la calle desde una motocicleta conducida por un sicario que no se había detenido para la ejecución.

El trabajo estaba terminado, pero ahora también necesitaba deshacerse del Chino y para ese encargo lo llamó una vez más a Quiroz.

—Mario querido, necesito que te encargues de un paquete —le dijo sentado a su mesa reservada con su guardaespaldas a quien había invitado a participar de la comida. El diario del día estaba apoyado debajo de su brazo izquierdo abierto en la noticia del tiroteo.

—Ya sabés el precio.

—No te preocupes. Habla con William Flores que se está encargando de los números.

—¿Quién es el desafortunado esta vez?

—El Chino —dijo Walter sin levantar la vista de su plato de cuy frito con picante de papa —ya viste lo que hizo. Esto no le va a gustar al Loco Bautista y tenemos que mostrarle que nos preocupa la situación.

—¿Ping Chung, entonces?

—Sí Mario. El Chino. ¿Pasa algo?

Claro que pasaba algo. Quiroz sabía que el asesinato debía haber contado con el visto bueno de Walter que ahora mandaba a deshacerse del chico que lo había ejecutado. No sabía todavía la razón, pero fue un llamado de advertencia acerca de las lealtades del peruano. Iba a tener que andar con mucho cuidado respecto de él. Podía esperar que un día lo traicionase y el paquete del que alguien tuviera que encargarse fuera él mismo.

—Nada. No pasa nada —dijo y se levantó de la mesa. — Paso a buscar la plata y me encargo.

—Está bien —dijo y pasándose un escarbadientes detuvo a Quiroz que ya estaba casi afuera del restaurante —una cosa más, Mario: tráeme a la chica con la que está saliendo el Chino.

Quiroz refunfuñó una aprobación y salió.

Seis horas más tarde el Chino estaba muerto y viajaba en el baúl de su viejo Renault 19 rumbo a un descampado donde dos horas más tarde yació en un pozo anónimo para su descanso final.

Le faltaba la chica. Volvió al restaurante, subió las escaleras para reportar la novedad al Inca pero se topó con Edgar Flores que no lo dejó seguir.

—El jefe está con la chica.

—¿Qué chica?

—Lucía Zabala. La que andaba con el Chino.

—Pensé que era mi trabajo traerla para acá.

—Es evidente entonces que hiciste mal tu trabajo. La encontré deambulando por el barrio. Seguramente lo buscaba al Chino para que le vendiera. La traje para acá.

Quiroz miró con odio a los ojos redondos y pequeños, como canicas, del gordo Flores y los dos se midieron en silencio un instante.

—Entonces mi trabajo ya está completo. Me voy al bar de Rocky a tomar algo.

—Mandale saludos a Gladys.

El expolicía no respondió. Entonces ese infeliz sabía que andaba divirtiéndose con esa puta del *Rocky Bar*. No le gustaba que supieran lo que hacía fuera de su horario de servicio, pero lo cierto es que el error había sido suyo, ese bar solía estar lleno de la gente del Inca.

***

El Loco Bautista no estuvo para nada contento cuando se enteró de la muerte de su chico boxeador y amante.

—Ese Inca hijo de mil putas —gritó. Se había encerrado en su habitación junto a la Parca Zamudio que le había traído la noticia —lo hizo a propósito. Estoy seguro de que lo hizo a propósito.

—Fue el Chino.

—¡El Chino responde al Inca infeliz!

—¿No se habrá mandado solo?

Franklin hizo un sonido ronco con la nariz.

—¿Solo? Ese no hubiera matado una hormiga sin el consentimiento del hijo de puta de Walter.

—Entonces hay que hablar.

—¿Hablar?

—Es tu socio.

—Fuimos socios, pero hace ya mucho tiempo que ese pendejo hijo de puta está haciendo lo que quiere, cagándose en todo lo que le di. Fui el que le tendió la mano cuando llegó a esta ciudad de mierda muerto de hambre y culeado por los villeros.

Franklin se arrodilló junto a la cama. Las sábanas estaban revueltas y todavía conservaban el olor de la última noche que había pasado junto a Santiago.

—Lo puedo sentir todavía. Su transpiración, su aroma, recuerdo su cuerpo, su sueño de llegar a ser un campeón.

—Era bueno el pibe.

—Iba a ser un campeón. Mi campeón. Y el Inca hijo de puta lo arruinó.

—Entonces no queda otra opción.

El Loco tomó las sábanas entre los dedos, las olió. Sintió las primeras lágrimas.

—No. No hay otra opción. Vamos a declararle la guerra al Inca Ayala.

La guerra entre el Inca Ayala y el Loco Bautista comenzó con la muerte de Santiago y siguió con un tiroteo al frente del restaurante *El Cajamarquino* ordenado por Franklin. La respuesta del Inca no se hizo esperar: envió a sus propios hombres a reventar el aguantadero del Loco pero este se esperaba esa respuesta y disponiendo tiradores en puntos estratégicos logró repeler el ataque en una noche donde se cruzaron pocas balas.

—Walter —dijo Edgar Flores reunido junto al Inca y el perro Quijada en la oficina del peruano —tenés que frenar esta locura. Levantá el teléfono y hablá con el Loco. Seguramente puedan llegar a un acuerdo.

—¿Hablar con el Loco? ¡Caído del palto! ¡Tú eres el que está loco si crees que voy a hacer esa idiotez!

—Es tu socio.

—Fue mi socio. No me interesa. Vamos a echarlo de la villa. Ya fue demasiado.

Edgar chasqueó la lengua.

—Nos conocemos hace años. Podemos detener esto antes que sea más grave.

—Me cargué al Paraguayo Ramírez y luego al Samurai Jack. ¿Crees que no puedo lidiar con el rosquete con quien conviví diez años? Si quiere guerra, acabará muerto. Ahora, fuera Edgar y tráeme a Lucía, por favor.

El gordo Flores salió de la oficina dando un portazo.

Quiroz jugaba un partido de *pool* con el Boliviano Choque en el salón del primer piso. Detuvo a Edgar interceptándolo a su paso.

—¿Tenemos un problema?

—¿Qué te parece la guerra con el Loco Bautista?

—Las cosas se están saliendo de control. Lo noté.

—Es esa pendeja —dijo resignado Edgar.

—¿Lucía?

—Walter está totalmente embobado con esa chica. Los escuché cuando cenaban la otra noche. Él cree ver a Natalí en ella y ella se ríe como si esto fuera un juego.

—Ya se le pasará.

—Está enloqueciendo. Perdiendo el control. Lo conozco hace años y nunca lo vi así. Esto no puede ser bueno. No va a terminar bien.

Los siguientes días las acciones de guerra entre los antiguos amigos se acrecentaron con choques entre los transas de los dos capos de la villa.

—Encárguense del asunto —ordenó Walter lacónico a Justo Villarroel y el Boliviano Choque una noche apenas corriendo la mirada embelesada de Lucía, mientras cenaban en su mesa reservada de *El Cajamarquino*— maten al Loco, entiérrenlo, me da igual. No quiero tener que encargarme más de este asunto.

Lucía agregó una risita enamorada.

—Creo que te vendrían bien un par de tetas nuevas —le dijo el Inca.

Esa noche los hombres del Inca asaltaron la parte de la villa bajo control del Loco Bautista y a sangre, balas y fuego lograron expulsar a la Parca Zamudio que apenas salvó su pellejo. La villa era ahora toda del Inca Ayala que recibió la noticia complaciente.

—Así me gusta. No necesito que anden todo el tiempo preguntándome qué hacer. Tengo otros asuntos de los que ocuparme.

El Loco Bautista sintió la pérdida de la villa y durante semanas que se convirtieron en un par de meses ordenó a sus hombres replegarse y continuar solo con las operaciones de juego ilegal y una parte del negocio de la coca importada de Perú. El Inca ya controlaba la principal fuente de abastecimiento, pero Franklin logró volver a infiltrarse lentamente en los resquicios que el liderazgo blando del peruano dejaba.

—Necesitamos reagruparnos —le dijo impasible a la Parca Zamudio que daba vueltas en la pequeña oficina ubicada detrás de las mesas de juego.

—Loco, yo entiendo que acá estés cocinando guita con la quiniela y las cartas, pero necesitamos recuperar el territorio, en especial las cocinas. El Inca se está llevando todo el negocio.

—Sí, lo sé y vamos a hacer algo para que eso se termine, pero por ahora no podemos tirarnos de frente en contra suyo porque tiene más poder de fuego.

—Nosotros también tenemos mano de obra.

El Loco se desperezó aburrido.

—Vamos a ganarle al Inca siendo más inteligente que él. Y me voy a cobrar la muerte de Santiago.

—¿Qué se te ocurre?

—Vamos a sacarle lo que él me sacó: a su amor.

La Parca se dispuso a escuchar con curiosidad el plan del Loco Bautista.

***

En el campamento del Inca, Edgar Flores estaba intranquilo. Hacía ya un par de meses que no había habido nuevos enfrentamientos con el Loco y esa tensa calma, esa tregua de hecho lo ponía nervioso porque sentía que el otro debía estar planeando algo grande. Entró en la oficina de Walter que estaba acompañado por Lucía sentada en su regazo. La miraba con ojos perdidos mientras ella le hablaba como una nena a su papito.

—Tenemos que matar a Franklin —dijo Edgar decidido.

Walter lo miró de arriba abajo, le dio unos toquecitos en las rodillas a Lucía para que se levantara

—Andá para allá, déjanos un ratito solos.

La chica obedeció y pasó al lado de Edgar Flores bamboleando sus nuevos pechos frente al matón.

Cuando salió de la oficina Walter respondió:

—¿Matar al Loco? ya habrá tiempo, mi causa. Pero ya que estás aquí, ¿qué te parece si la fiesta de casamiento con Lucía la tenemos en el restaurante? Será como la vez que hicimos la fiesta de aniversario. Con Natalí y todo eso — dijo con melancolía.

Edgar no respondió y salió de la oficina fastidiado.

—¡Lucía! —llamó Walter.

Edgar se la cruzó por el pasillo mientras él se iba y ella volvía.

—¿Qué pasa gordo?

El tipo se detuvo en medio del pasillo. Su cuerpo se extendía a los costados sin dejar espacio para que Lucía pasara por allí.

—¿Me vas a dejar pasar? Walter me quiere ver.

—No sé a qué estás jugando nena, pero tené cuidado.

Lucía se señaló con la mano inclinada apuntando a su pecho.

—¿Yo? ¿Jugando?

—Cuando Walter se canse de vos, no vas a ser más que otro paquete para enterrar.

—Eso no va a pasar —dijo ella— y ahora si me disculpás —y se adelantó obligando a Edgar a hacerse a un costado.

El casamiento se fijó esa misma noche para dos meses más adelante y los preparativos en el restaurante comenzaron al día siguiente.

Lucía estuvo encantada de encargarse de los detalles y Walter no podía estar más feliz y a la vez más ajeno a los problemas diarios de su negocio. Las escaramuzas con la gente del Loco en la villa habían vuelto y Edgar Flores había tenido que bajar personalmente junto a su hermano William y Mario Quiroz para intentar frenar el avance del enemigo.

Walter se pasaba casi todo el tiempo en su mansión costera o en la oficina del restaurante donde, a pesar de no interesarse por los detalles de la guerra con el Loco, había extremado las precauciones para su seguridad.

Todo cambió una noche en la que Quiroz estaba tomando un trago después de horas en el bar de Rocky. Se encontraba ya muy borracho cuando se le acercó Jenny Joanna, era una prostituta joven que todavía conservaba rasgos seductores, pero que, si seguía trabajando tanto y consumiendo tanta porquería, terminaría mal muy pronto. El expolicía las conocía bien. Mujeres que en otra situación podrían haber sido modelos de alta costura arruinadas por la mala vida.

La chica se le acercó sugerente.

—Esta noche no, Jenny —alcanzó a decirle Quiroz.

—¿No? ¿Y cómo hago para pagarme el vicio entonces?

—Buscate a otro —le dijo bruscamente— yo estoy demasiado roto esta noche.

—Siempre está roto oficial. Vino roto.

—Arrodillado. Así estoy. ¿Quién hubiera dicho que la gran Iguana Quiroz iba a terminar de rodillas? —se golpeó el pecho y se puso a llorar, escondiendo la cabeza sobre los brazos apoyados en la mesa.

La chica le acarició la cabellera.

—Vamos, no es para tanto.

—Dejame solo.

—Si no quiere divertirse esta noche, le puedo vender un rumor.

—¡Te dije que me dejaras solo!

—Un rumor que tu jefe sabría pagar muy bien.

Quiroz se irguió de golpe fastidiado.

—A ver puta, ¿qué mierda tenés para contarme?

—Quinientos.

—Estás loca.

—Está bien, deme cuatrocientos. Le juro que su jefe va a pagar buena plata por este rumor.

—¿Es un rumor y me lo querés vender? ¿qué me viste? ¿cara de pelotudo?

Jenny Joanna se mordió el labio inferior.

—Está bien, págueme un trago y le cuento.

Quiroz buscó su billetera fastidiado.

—Rocky, servile lo que pida —dijo sacando un billete de cincuenta y apoyándolo sobre la mesa.

—Gin tonic —dijo la mujer resignada.

El trago apareció ante ella.

—Ahora hablá.

—Se dice que la novia de tu jefe...

—¿Qué pasa con Lucía?

—Lo está haciendo cornudo.

Quiroz largó una risotada.

—Los peores cincuenta pesos gastados de mi vida.

—Hay más.

—A ver, dale, cantá. Serví para algo.

La prostituta fingió que no la había ofendido lo que le había dicho Quiroz.

—Charly Brun.

—¿Qué?

—El nombre del tipo. Es cantante en una banda de rock o algo así — dijo y dio un trago de pajarito al vaso con gin.

—Charly Brun. Charly Brun. Ese nombre me suena.

—Porque tiene una banda de rock. Ya le dije.

—¿Por qué me suena tanto ese nombre?

—¿Cómo dice?

Quiroz sacudió la cabeza para despabilarse.

—Nada cariño, estaba pensando en voz alta. Gracias, creo que al final de cuentas sí serviste para algo.

Al día siguiente Quiroz se dirigió al subsuelo del restaurante y buscó en un viejo archivador. Había hecho algo de inteligencia acerca del Loco Bautista y la gente de la que se rodeaba para estar listo en caso de que de Walter se decidiera finalmente y diera la orden de matarlo.

Buscó entre los papeles en vano durante casi media hora. No había nada. Ningún soldado ni lugarteniente de Franklin participaba en bandas de rock ni se llamaba Charly Brun. Pero entonces ¿por qué le sonaba tanto su nombre?

Estaba por desestimar el asunto cuando sintió un rayo de iluminación. Volvió a recorrer rápidamente los papeles hasta que encontró lo que buscaba: Brun, Carlos "alias Charly": jugador.

Eso era. Charly Brun era un asiduo concurrente a las mesas de ruleta clandestina del Loco Bautista.

Con esa información subió aceleradamente las escaleras hasta el primer piso del restaurante y entró sin anunciarse en la oficina de Walter.

—Jefe, me pasaron un rumor, algo que se habla en la calle.

El otro que no se había percatado de su presencia tensó el cuerpo:

—Dime.

—Las putas del Rocky dicen que Lucía te traicionó y está saliendo a escondidas con un músico de rock al que le dicen Charly Brun.

Walter se acomodó en su sillón, cruzó las manos y con una tonalidad suave respondió:

—¿Por qué mi chiquita me haría algo así?

—No lo sé. Pero...

—No me interesa Mario. Por favor retírate, no necesito que les relevancia a las estupideces que dicen las putas del bar de enfrente.

Quiroz obedeció y salió.

—Y de paso dile a mi Lucía que suba.

—No la vi en el restaurante.

—Claro —dijo Walter— debe estar encargándose de los detalles para la boda.

El expolicía no volvió a mencionar el asunto ante Walter ni Edgar Flores, pero el peruano comenzó a sentir una molestia ante el rumor que pronto se propagó como un secreto a voces.

Ahora todos sus hombres lo comentaban a sus espaldas o al menos esa era la sensación que él tenía. Y para peor, Lucía casi nunca estaba ya por allí. Sólo se veían por las noches y ella siempre parecía estar demasiado cansada para hacerle el amor.

Por fin, al cabo de una semana Walter citó a Quiroz a su oficina.

—Mario, cuéntame más acerca de ese rumor que escuchaste acerca de Lucía —dijo. Había perdido la tranquilidad de los últimos meses. Estaba tenso y a la defensiva.

—Investigué un poco acerca de ese tal Charly Brun con el que supuestamente Lucía se estaría viendo. No es nadie, pero tiene un problema con el juego. Se lo vio entrando a la cueva del Loco Bautista. Dicen que pierde mucha guita por semana en la ruleta. Mucha.

Walter inmóvil en su silla a excepción de su mano que acariciaba la cabeza del perro a su lado, comenzó a tomar un color rojizo y un calor lleno de furia destapó por fin antiguos sentimientos que había olvidado desde que se había enamorado de Lucía. Golpeó la mesa con el puño cerrado y los papeles que tenía sobre el escritorio se movieron para todas partes.

—¡Imbécil! —gritó— ¿cómo no me dijiste esto antes?

— No quisiste escuchar —respondió Quiroz impasible.

Walter se puso de pie de un salto y comenzó a dar vueltas alrededor de la oficina nervioso.

—Maldita puta. Maldito hijueputa del Loco Bautista, ahora sí que quiero matarlo —quedó frente a Quiroz y lo tomó de las solapas del saco— vas a seguir a Lucía esta noche, verás con quién anda y qué se trae entre manos y si la encuentras con ese Charly Brun o quién sea, me los vas a traer a los dos aquí y yo me encargaré de que sepan con quién se han metido.

Quiroz corrió las manos de Walter de las solapas de su saco sin perder la compostura.

—No será problema —dijo y salió de la oficina.

Walter Ayala, quien había llegado a esa ciudad hacía más de diez años con nada más que una estatuilla de yeso de la Virgen de los Dolores que ahora reposaba en un estante de su oficina y la pistola con la que había dado muerte a su madre, que había comenzado desde lo más bajo de la cadena alimenticia del mundo de la droga vendiendo cocaína en un restaurante de comidas rápidas, que había matado, traicionado, jugado con las vidas de otros, extorsionado y manipulado con tal de apropiarse de la villa, del negocio de la droga peruana y que finalmente lo había logrado, había llegado hasta donde ahora estaba, en lo más alto, donde era emperador, el Inca Ayala de aquella ciudad tan lejana de su Cajamarca natal, acababa de iniciar, sin saberlo, una serie de acontecimientos que terminarían con su muerte apenas cuarenta y ocho horas más tarde.

Pero esa es otra historia y ya está escrita.[1]

Buenos Aires, 17 de marzo de 2016 – Toronto, 20 de febrero de 2024

---

1. Vease: *Sangre por la herida*, Undercover Books, 2023.

Nota

Escribí esta novela originalmente durante el año 2016 en Buenos Aires. Tuve la intención de publicarla poco después de terminada de escribir pero varios cambios en mi vida me fueron llevando a retrasar su salida. Esto incluyó mi inmigración a Canadá en el año 2017 con lo que comenzó una etapa nueva de mi vida donde mi producción literaria quedó en una especie de limbo.

Ahora, casi ocho años más tarde, decidí por fin a volver a ella y publicarla. En el medio mi vida ha cambiado radicalmente, incluyendo el hecho de que terminé realizando un doctorado especializado en narrativas del narcotráfico en México, algo que no me imaginaba en absoluto cuando escribí esta novela. Si bien mis conocimientos actuales acerca de este tipo de narrativas seguramente harían que no pudiera escribir esta misma novela en la actualidad, creí importante dar a luz este texto para completar el ciclo de mis narrativas acerca de Walter "El Inca" Ayala, Franklin "El Loco" Bautista, los hermanos Flores, Lucía Zabala y Mario Quiroz.

Soy consciente de que todavía me queda darle cierre a la historia de estos últimos dos en una prometida tercera entrega de mi saga "Rituales". Espero algún día poder cumplir esa promesa así como prometí hace tanto tiempo esta novela al final de *Sangre por la herida*.

Otros títulos de A.J. Soifer

Novelas
Rituales de sangre
Sangre por la herida
Rituales de lágrimas
El camino del Inca
Rituales de muerte (próximamente)

Otras novelas
El último elemento peronista
Reality Show mortal

Crónica periodística
Los Lubavitch en la Argentina
Que la fuerza te acompañe

Acerca del autor

Alejandro Soifer (Buenos Aires, 1983) es licenciado y profesor de Letras por la Universidad de Buenos Aires. Ha obtenido un doctorado en literatura latinoamericana por la University of Toronto (Canadá).

Además de su trayectoria académica, ha trabajado como periodista cultural y publicado varios libros.

Es el editor y jefe de redacción del sitio de noticias, reseñas y ensayos acerca de películas y libros de terror, horror, gótico y misterio www.hijosdelanoche.com

Más info en
www.alejandrosoifer.com